Piège à cœur

Tranlated to French from the English version of

Heart Trap

Barnali Basu

Ukiyoto Publishing

Tous les droits d'édition mondiaux sont détenus par

Ukiyoto Publishing

Publié en 2023

Copyright du contenu © Barnali Basu

ISBN 9789360169602

Tous droits réservés.

Aucune partie de cette publication ne peut être reproduite, transmise ou stockée dans un système de recherche documentaire, sous quelque forme que ce soit et par quelque moyen que ce soit, électronique, mécanique, photocopie, enregistrement ou autre, sans l'autorisation préalable de l'éditeur.

Les droits moraux de l'auteur ont été revendiqués.

Il s'agit d'une œuvre de fiction. Les noms, les personnages, les entreprises, les lieux, les événements, les localités et les incidents sont soit le fruit de l'imagination de l'auteur, soit utilisés de manière fictive. Toute ressemblance avec des personnes réelles, vivantes ou décédées, ou avec des événements réels est purement fortuite.

Ce livre est vendu à la condition qu'il ne soit pas prêté, revendu, loué ou mis en circulation de quelque manière que ce soit, sans l'accord préalable de l'éditeur, sous une forme de reliure ou de couverture autre que celle dans laquelle il est publié.

www.ukiyoto.com

Dédicace

Dédié à la mémoire de mon père dont j'ai hérité le don de la parole !

Je remercie ma mère d'avoir écouté mes idées et de m'avoir soutenue, ma sœur et ma nièce d'avoir été mes plus grandes critiques et, par conséquent, de m'avoir permis de m'améliorer, mon mari, mes beaux-parents et ma fille d'avoir supporté les difficultés de cette entreprise avec le sourire.

Je remercie tous mes amis qui ont lu mes créations les plus courtes et m'ont fait part de leurs commentaires, vos mots ont ouvert la voie à cette étape importante de mon parcours littéraire. Je remercie tout particulièrement Anirban Sadhukhan pour ses talents remarquables qui ont permis de réaliser la délicieuse couverture du livre en un temps record.

Enfin, un mot sur mes camarades de lycée. Merci d'avoir refusé de vous ouvrir à une nouvelle venue incertaine, d'avoir continué à le faire pendant cinq ans, de ne vous être souvenus d'elle que lorsqu'elle avait besoin de notes ou d'aide pour un examen et de lui avoir fait porter le chapeau si jamais elle se demandait à voix haute pourquoi elle n'arrivait pas à se faire des amis. C'est grâce à vous que l'incroyable histoire de Purab et Pamela a pu prendre racine.

Contenu

Prologue	1
Le chasseur	7
La cible	23
Juger le terrain	28
Attrapé !	40
Juger le terrain modifié	52
Marquer le territoire	59
Évaluer la cible	69
Préparer l'appât	81
Et le piège est tendu	91
Attendre la cible	101
La cible arrive	116
Garder un œil	124
L'attente est un peu longue	132
Nous avons de la concurrence	141
Dessiner la cible	151
La cible regarde l'appât	158
La cible s'en mord les doigts	171
La cible met le pied à l'étrier	182
Le piège tombe	189
Le piège se resserre davantage	196
La cible se débat.... Et abandonne	204
Mission accomplie	218

Épilogue 228

A propos de l'auteur *241*

Prologue

"Euh .... Eh bien... Euh..."

"Pam..."

"Oui, Pam, Pam, as-tu des hobbies ? Que faites-vous pendant votre temps libre ? Vous regardez des films ? Tu sais que le métier d'acteur est .... euh...euh...la meilleure profession au monde. Qui est ton acteur préféré, Pam ? Le mien est Shahrukh. Je pense vraiment qu'il n'y a personne de supérieur à lui dans le monde entier. Vous savez ce que je veux dire si vous avez vu Kal Ho Na Ho. Et vous ? C'est vraiment dommage qu'il doive mourir à l'adresse .... Et encore plus dommage qu'il n'ait pas obtenu le Filmfare.... ne pensez-vous pas ? Shahrukh choisit toujours de bons rôles qui mettent en valeur ses prouesses d'acteur de manière très explicite, tu ne crois pas ? Qu'est-ce qui se passe Pam ? Pourquoi ne dis-tu rien ?"

Elle lui répond d'un air méfiant. Cela faisait une heure que Jitesh Dholakia déblatérait toutes sortes d'inepties entrecoupées à intervalles réguliers par cette question. Comme si cela avait de l'importance, elle reporta son regard sur le livre ouvert sur la table, tournant distraitement les ondes de la "radio humaine" au-dessus de sa tête.

"De toute façon, vous savez, Hollywood est bien au-dessus de Bollywood, c'est l'ultime vérité. Quand on voit des films comme Mission Impossible et Spiderman, c'est génial ! Vraiment génial ! Bien sûr, les situations qu'ils créent sont vraiment difficiles à simuler dans le contexte indien. Mais ne pensez-vous pas qu'ils ne devraient pas faire des films aussi stupides ici ? Pas d'intrigue, pas de jeu d'acteur, rien...."

Celui-là est capable de rester longtemps, pensa-t-elle distraitement. Le dernier venu, dont elle ne se souvenait même pas du nom, était parti au bout de cinq minutes après n'avoir reçu que de courtes monosyllabes en guise de réponse.

Non pas qu'ils soient vraiment intéressés. Même si ces garçons essayaient de le cacher autant qu'ils le pouvaient, elle connaissait la vérité. Aucun d'entre eux n'était vraiment intéressé. Aucun d'entre eux ne voulait vraiment être ami avec elle. En fait, aucun d'entre eux n'aurait voulu lui parler, s'il n'y avait pas eu l'excitation de réaliser un exploit inimaginable, l'addiction de ne refuser aucun défi aussi absurde soit-il, l'envie de prouver aux autres et probablement à eux-mêmes, qu'il y avait un moyen de passer à travers cette partie presque inexistante du collège.

"Et...euh...Quel est votre nom.... Euh...Euh...Sam...c'est ça Sam...et la musique ? Tu aimes écouter de la musique ? Quelle est ta musique préférée ? J'aime écouter du rock et du jazz. Cependant, rien ne peut battre la beauté des vieilles chansons de films hindis. Ma préférée de tous les temps est Jeena Yahan... Marna Yahaan..."

Elle fronça les sourcils, la tête toujours penchée sur son livre, continuant à écrire. Elle avait tellement envie d'adapter la chanson à l'action en ce moment, surtout la dernière partie. Mais il allait certainement s'en aller dans quelques minutes. Ce n'était qu'une nuisance, qui ne méritait pas qu'on s'y attarde. Un homme qui ne se souvenait pas de votre nom toutes les deux minutes ne méritait pas que vous perdiez votre sang-froid.

Ce n'est pas qu'elle s'intéresse vraiment à ces garçons. Ils étaient inoffensifs, ils bourdonnaient autour d'elle comme des mouches offensives et finissaient par s'envoler. Mais maintenant que cela se produisait pour la énième fois, elle commençait à s'énerver. Elle avait toujours su qu'elle n'était pas le genre de fille avec laquelle ces types, en fait n'importe quel type, aimeraient être vus. Elle savait qu'elle ne ferait jamais une belle photo avec aucun d'entre eux. Alors pourquoi tout le monde s'acharnait-il à "prouver" ce fait insurmontable, surtout à eux-mêmes ? Elle n'était tout simplement pas du genre, elle l'avait accepté depuis longtemps. Mais apparemment, aucun de ces idiots ne comprenait les difficultés de l'esprit masculin, un léger sourire effleura ses lèvres.

Dans une certaine mesure, c'était la façon dont le destin testait sa tolérance. Elle s'en était bien sortie jusqu'à présent, mais elle ne savait pas quand elle déciderait que c'en était assez. Non pas que ces types la harcèlent de quelque manière que ce soit, mais elle souhaitait qu'ils la laissent tranquille et qu'ils s'en aillent. Pourtant, elle souhaitait qu'ils la laissent tranquille et qu'ils aillent chercher quelqu'un d'autre pour aiguiser leurs talents de courtisans. C'était toujours les mêmes répliques qui avaient fait leurs preuves, prononcées de la même manière. Qui prenait plaisir à les lui servir, de temps en temps, sous prétexte de quelques billets de banque ? D'ailleurs, une pensée malicieuse se glissa dans un coin de son esprit, s'ils devaient encore venir, pourquoi ne seraient-ils pas des hommes de goût, qui valent la peine d'être écoutés ?

La chaleur lui monta aux joues devant l'égarement de ses pensées et elle se mit à parcourir furieusement des yeux les lignes et à les murmurer doucement à elle-même pour tenter de fermer son esprit à l'arène menaçante dans laquelle cette créature irritante l'avait fait pénétrer.

Mais ses yeux se levèrent à nouveau, non pas vers la "radio humaine" qui bourdonnait toujours avec détermination à ses côtés, mais vers la direction de la brise dans la cantine encombrée et pleine d'activités du collège, à l'endroit où elle semblait avoir soudainement pris de la vitesse. Elles regardèrent la silhouette merveilleusement masculine qui entrait à grands pas, suivant son arrogant pas de panthère vers le comptoir de la cantine. Une veste en cuir marron soulignait l'étendue de ses larges épaules et laissait entrevoir l'éclat de ses yeux bruns et noirs, contrastant délicieusement avec son teint clair. Elle était ouverte, révélant un gilet noir qui s'étendait sur la poitrine tendue, sans la moindre trace de graisse, exposant quelques poils bouclés à l'encolure. Un pantalon de cuir noir épousait ses cuisses et ses mollets musclés et se terminait par des chaussures de cuir noir brillant. Elle le regarda sans broncher entrer avec agilité parmi les tables et les chaises. Ses yeux n'étaient pas les seuls à avoir été captés. Les têtes s'étaient déjà tournées vers chaque table, la masculinité hardcore jetant lentement son sort. Son regard à lui, cependant, ne rencontrait personne et restait imperturbablement devant lui alors qu'il atteignait enfin la table et demandait un coca de sa voix de baryton. Ce n'était pas son genre de laisser les choses en suspens et de ne pas affecter les membres du sexe opposé à plus d'un titre. Elle le fixait, totalement enchantée, même lorsque ses yeux se fixaient sur les yeux noirs envoûtants de la jeune étudiante et voyageaient ensuite avec appréciation sur les courbes de son corps qui ressortaient dans le haut jaune sans spaghettis et la minijupe blanche moulante qu'elle portait, même lorsqu'ils se lançaient dans une conversation animée, leurs yeux s'abreuvant de l'énergie de l'autre, même lorsqu'ils sortaient en souriant et en se collant l'un à l'autre.

Presque sans qu'elle s'en aperçoive, un soupir rêveur s'échappa de ses lèvres. Elle avait imaginé toute la scène, mais en se mettant à la place des talons aiguilles de la jeune fille. Et si c'était vrai ? Et si c'était lui, à ses côtés, qui lui disait ce genre de gentilles bêtises auxquelles elle s'était peu à peu habituée ?

Elle aurait éclaté de rire si elle avait été seule. S'imaginait-elle vraiment pouvoir répondre aux critères de ce beau spécimen avec lequel le beau gosse s'était enfui ? Pensait-elle vraiment qu'un homme de cette trempe pourrait un jour l'égaler ? Il n'était pas certain qu'il sache qu'il y avait quelqu'un dans cette université, dans le grand tourbillon de ses admiratrices du sexe opposé, qui observait chacun de ses mouvements, qui s'imprégnait de sa personnalité, de sa vitalité à chaque instant, qui....

Elle rougit et souhaita presque que la terre s'ouvre et l'engloutisse. Mais presque aussitôt, un abattement, une nostalgie s'installèrent en elle. Pourquoi cela ne pouvait-il pas arriver ? Pourquoi en était-il ainsi ? Pourquoi les gens maladroits, calmes et simples comme elle n'ont-ils pas eu la chance de voir au-delà de ce qui était prévu pour eux ? Le pouvoir de rêver de leur propre chef ? La possibilité de les réaliser ?

Elle soupire à nouveau. De qui se moquait-elle ? Il n'y avait aucune chance qu'un homme comme lui vienne à elle. Jamais de la vie.

Le chasseur

Il y a des personnes qui sont nées avec un charisme puissant auquel personne sur terre ne peut résister et qui en sont pourtant totalement inconscientes. D'autres connaissent très bien leur capacité à toucher les cœurs sans en avoir la moindre parcelle. Mais celles qui sont dotées de tous les éléments de séduction et qui, de surcroît, débordent de confiance en elles forment le duo le plus mortel. Purab Chaddha appartenait à cette catégorie d'hommes.

Étudiant en pharmacie, Purab s'était attiré de nombreuses moqueries en raison de son nom de famille, qui correspondait au mot "Chaddi", qui signifie sous-vêtement en hindi. Mais cet humour absurde s'est vite estompé une fois que ses effets se sont déchaînés en l'espace d'une semaine. Le charme captivant de ce nouveau venu était si venimeux et il l'utilisait si habilement qu'il suscitait l'admiration et le respect de tous ses détracteurs. Totalement incapables de riposter, et encore moins de l'égaler en termes d'adorabilité, les gars de B.T College avaient levé les mains en signe d'exaspération et déclaré qu'il était le seul sous-vêtement sur lequel toutes les filles mourraient d'envie de poser leurs fesses.

C'était un peu étrange, étant donné qu'il n'était pas très beau. En effet, il y avait des hommes bien plus beaux que l'université avait à offrir. Avec ses yeux bruns noirs, ses cheveux noirs ondulés, ses lèvres un peu minces et ses petites oreilles, Purab ne semblait pas avoir la moindre chance parmi les beaux gosses qui traînaient sur le campus. Et pourtant, c'est à peine si cela pouvait provoquer le moindre fléchissement dans la courbe ascendante de sa popularité. Sa personnalité percutante, la fierté suave avec laquelle il se comportait, le panache qui enveloppait chacun de ses mouvements suffisaient à étouffer n'importe quelle femme dans une vague d'intrigue et à la laisser pantelante avant même qu'elle n'ait le temps de réfléchir à l'apparence plutôt moyenne de l'ouragan mâle qui l'avait frappée.

Les deux autres qualités dont Purab était heureusement doté étaient une parfaite connaissance du tact et un sens précis du timing. C'est d'ailleurs à ces qualités qu'il doit en grande partie ses faveurs auprès des membres du sexe opposé. Purab avait une capacité étonnante à juger finement n'importe quelle situation et à décider en tandem ce qu'il fallait dire, quand il fallait le dire, comment il fallait le dire et surtout à qui il fallait le dire. En conséquence, de nombreuses filles lui mangeaient dans la main, ou plutôt dans les mots qu'il prononçait et qui les faisaient chavirer. Beaucoup de ses concurrents jaloux n'ont pas compris, c'était sans doute la raison principale pour laquelle Purab Chaddha régnait toujours en maître sur le trône de l'adulation féminine et allait probablement le rester encore un certain temps, même si son "mandat" au collège touchait lentement à sa fin avec seulement une année de plus avant qu'il ne fasse ses valises et ne parte pour sa ville natale de Chandigarh d'où il était arrivé pour faire des ravages dans la ville tranquille de Ludhiana.

Purab n'aurait pas pu rêver d'une meilleure occasion d'affiner ses compétences et d'établir son record de fréquentation du plus grand nombre de filles sur le campus. En fait, au fil du temps, les capacités de Purab se sont dissoutes et sont devenues une partie intégrante de sa personnalité. À tel point qu'il a commencé à dominer les membres du sexe opposé par son attrait rayonnant, sans aucune intention de sa part. Il y a eu des cas où une simple discussion, où il avait inconsciemment saupoudré des traces de son panache, a laissé certaines filles tranquilles, totalement impensables et affectées, captivées et nourrissant des sentiments un peu trop inimaginables pour ce charmeur non méritant et inouï. Si c'était le cas alors que ses gestes étaient tous inconscients, il n'était pas difficile de deviner ce qui attendait les filles qui avaient eu la chance d'être choisies comme cibles par ce diable déguisé. Pas une seule n'avait été épargnée par l'attaque si l'homme décidait de se lancer lui-même dans la bataille. Toutes sortes de filles qu'il avait courtisées, certaines moroses, d'autres timides, d'autres encore dures à cuire, d'autres enfin sexy. Une onde de choc s'était propagée dans tout le collège lorsqu'il avait été aperçu en train de déjeuner avec l'une des divas les plus en vue, puis le soir même en train de regarder un film avec sa grande rivale. Non seulement les deux filles n'étaient pas en situation de se croiser, mais leurs différences étaient comparables à celles de la craie et du fromage. Le fait que Purab Chaddha ait réussi à se frayer un chemin dans les bons livres de ces femmes si opposées n'est rien de moins qu'une merveille.

Ce n'est certainement pas le cas de l'homme lui-même. Courtiser les filles était comme sa seconde nature, c'était peut-être un exploit pour d'autres, mais c'était comme une capacité innée chez lui. C'est parce qu'il était le seul à pouvoir séduire n'importe quelle fille sous le soleil. Et par n'importe quelle fille, il entendait n'importe quelle fille. Peu importe sa nature, son type, ce qu'elle aime et ce qu'elle déteste. Purab Chaddha pouvait se glisser dans sa peau en quelques minutes. Aucun membre du beau sexe ne pouvait lui poser un grand défi. Car il connaissait les filles comme sa poche.

"C'est ce savoir qui m'a permis de survivre jusqu'à aujourd'hui", dit-il d'un ton léger, "et il n'est pas vraiment difficile de l'apprendre. Mais personne...", sa voix était empreinte d'une fierté indéniable, "ne peut l'apprendre comme moi..."

Il était assis sur une chaise de cantine, sirotant une canette de coca et mordant dans un sandwich au poulet. En face de lui, Aastha Salvi, étudiante en économie, amie d'enfance et l'une des rares filles que Purab n'avait pas touchées. Non pas parce qu'il n'en avait pas été capable, mais parce qu'il n'avait jamais essayé. Purab Chaddha pouvait courir derrière n'importe qui et n'importe quelle femme, mais pour cela, il fallait que cette personne soit une "femme", une raillerie mordante sur l'attitude et les manières de garçon manqué d'Aastha. Elle portait toujours des jeans et de grandes chemises épaisses et traînait avec les hommes les plus turbulents du campus. Elle n'avait aucune connaissance des luxes que Dieu avait accordés aux filles pour modifier leur apparence et n'avait aucune envie de prendre des attributs associés de près ou de loin aux femmes. Mais elle s'en moque éperdument. Elle n'était pas le moins du monde attirée par Purab Chaddha, un homme qu'elle connaissait depuis l'enfance et qu'elle avait vu en sous-vêtements. En outre, elle avait un petit ami qui travaillait à Delhi et entretenait une relation stable depuis deux ans.

"Toutes les filles, aussi différentes soient-elles, veulent en fin de compte paraître et se sentir attirées par les hommes. Il suffit de leur montrer un peu d'intérêt et de susciter un peu leur intérêt pour qu'elles s'intéressent à vous comme un poisson à l'eau....", poursuit-il pompeusement.

Guru est vraiment génial", renchérit Charanjeet pahwa "Cherry", de deux ans sa cadette et autoproclamée "chela" de Purab, accroupie à côté de lui. Depuis quelques années, Cherry s'efforçait de suivre de près les activités de son idole et de les imiter au mieux dans l'espoir insensé de gagner une petite amie. Le fait qu'il n'ait pas pu accomplir cette mission jusqu'à présent ne pouvait plus l'empêcher d'accepter.

Purab lui sourit joyeusement, puis se retourna vers Aastha. Cela ne fait pas de mal d'être félicité, n'est-ce pas ? Elle roula des yeux et afficha une expression ennuyée. Elle avait déjà entendu tout cela un certain nombre de fois. "C'est la loi de la nature...."

"La loi de la nature", répète-t-elle de sa voix un peu bourrue, "mais seulement pour "ton" genre de filles".

"Il n'y a pas de genre de filles "à moi", affirme-t-il avec irritation, c'est la moitié de la raison pour laquelle j'ai autant de succès. Je n'ai pas de type, c'est pourquoi tous les types me conviennent."

"Je ne voulais pas dire qu'aucune fille n'était ton genre. Je voulais dire que tu n'es pas le type de certaines filles". Aastha répond. Purab est très contrarié. C'était presque un péché que quelqu'un conteste son autorité.

"Je suis le type de toutes les filles de ce monde, déclara-t-il, je suis l'eau pour ces poissons. Les poissons meurent sans eau." Il répète ce qu'il a déjà dit.

"Tous les poissons n'ont pas le même type d'eau..." rétorque Aastha.

"Et si l'eau changeait constamment pour chaque espèce de poisson ? Il sourit sournoisement en haussant un sourcil. "Et si elle s'adaptait à chacun d'entre eux, les dorlotant et les soignant au mieux ? Qui pourrait résister à cela ?" "Tout le monde n'est pas l'imbécile que tu penses être Purab", dit Aastha, pas du tout impressionné. "Il y a des filles qui peuvent voir à travers votre farce, ces promesses vides, ces fausses louanges."

Purab a bu une gorgée, se sentant en colère. Ce que pensait cette femme stupide n'aurait pas dû avoir d'importance. Mais il ne pouvait pas en rester là. Cela aurait signifié qu'elle avait gagné la bataille.

"Une vérité plus grande que cela est que tout ce qui est nécessaire est ce qui est au-dessus de cela", dit-il, "Il n'y a absolument pas besoin d'aller plus loin".

"C'est ce que pensent les imbéciles comme toi, Purab Chaddha", raille Aastha. "Les besoins d'une fille ne sont pas toujours ce qui se trouve au-dessus."

"Et aucune fille n'est idiote pour s'en défaire", répondit Purab, "Que ce soit en haut ou en bas, je suis le besoin de toutes les filles de cette planète".

"Pah !" Elle détourne le regard. "En grimpant sur un eucalyptus, le singe croit qu'il a escaladé l'Everest."

"Alors, à quoi sert le mont Everest quand même l'arbre peut donner au singe le même plaisir ?"

Aastha se retourne dans un étonnement suprême. Quel abruti ! "Je n'arrive pas à croire qu'il y ait des filles dans le monde qui soient réellement attirées par toi." Elle fait claquer sa langue en signe de sympathie, "Et ce qui est encore plus surprenant, c'est que ce sont elles qui sont censées avoir le cerveau..."

Purab a jeté son sandwich à moitié mangé sur l'assiette en papier avec colère. Il en avait assez. "Je vais vous dire", dit-il, "Je vous laisse décider de ce qu'est le mont Everest", confirmant ainsi qu'il avait compris sa plaisanterie.

Elle hausse un sourcil : "Vous admettez donc que vous n'y êtes pas encore arrivé ?".

Un peu décontenancé pendant une seconde, Purab a immédiatement retrouvé sa langue : "Bien sûr que non.

Je demande juste un moyen de fermer cette bouche irritante qui est la tienne. De façon permanente."

Elle lui sourit avec dérision, "Et tu penses que tu peux le faire en allant voir une de tes bimbos triées sur le volet et en revenant vers moi en lui tenant la main ?"

Il lui lance un regard noir : "C'est pour ça que je te demande de choisir la fille. C'est pourquoi je te demande de choisir la fille. Ce 'supposé' poisson cérébral, le moins impressionné par moi," Il a parlé comme si quelqu'un comme ça était hors de portée.

Son sourire s'élargit, "Et tu penses qu'une telle fille serait réellement étourdie sous la lumière de ton glamour zéro watt ?"

Il rejeta la tête en arrière avec arrogance, "De plus, elle ne réfléchirait pas une minute avant de dire oui à un rendez-vous avec moi. Il claqua des doigts et pointa l'index sur son visage.

Aastha n'était pas le moins du monde intimidée, "C'est un défi alors. Je te mets au défi de courtiser une fille que j'ai choisie et de la convaincre de sortir avec toi. Et en fait, de l'accompagner." Il y avait une note de sarcasme dans son ton.

Il haussa un sourcil, "Qu'est-ce que tu veux dire par là ?" demanda-t-il d'un ton bourru.

"Je sais que vos promesses sont aussi creuses que vous-même, Purab Chaddha. Jusqu'à ce que tu aies un rendez-vous avec cette fille et que tu réussisses à maintenir son intérêt pour toi pendant toute la durée du rendez-vous, Sa Majesté," dit-elle en levant la tête vainement, "ne sera pas convaincue."

"Ohh..." Purab grimace : "Nous verrons si votre promesse a du poids lorsque vous perdrez et que vous ne direz jamais un mot contre l'honneur de Purab Chaddha. Je vais te dire", dit-il en claquant des doigts et en pointant à nouveau l'index vers son visage, "Elle va continuer à s'intéresser à moi même après la fin de notre rendez-vous. En fait, même après la fin de sa vie universitaire."

"Alors, c'est un pari ?" Elle tend la main.

"Bien sûr", dit Purab. La mention d'un pari lui avait donné une autre raison de perdre son temps précieux à changer les croyances de cette odieuse femme ambiguë.

"Quel est le piège ?" Cherry prit la parole pour la première fois depuis le début du drame. Il ressentait le besoin d'apporter sa contribution en tant que témoin de l'événement historique.

"Eh bien...." Purab hésite. Il était un peu fauché en ce moment et avait quelques rendez-vous prévus dans la semaine où il était évident qu'il devrait débourser de l'argent. Non pas que sa confiance ait faibli, mais il y avait cette chance infinitésimale que cette salope choisisse quelqu'un de sa catégorie qui aurait la capacité de le repousser à la lettre. Il ne pouvait pas se permettre de perdre trop d'argent, et il ne pouvait pas non plus laisser échapper ce fait. Il fallait trouver un compromis. "Eh bien..." reprit-il.

"Oh, ce n'est pas nécessaire." Aastha fit un geste dédaigneux de la main, "L'entaille que cela laissera à votre puissant ego sera une victoire suffisante pour moi."

Ses paroles le mirent encore plus en colère. Il allait gagner ce pari, même s'il devait faire faillite pour cela. "Mais si je gagne, dit-il laconiquement, tu ne feras jamais de commentaires sur mes capacités.

"C'est fait." Elle répondit, avec un amusement évident qui brillait dans ses yeux.

"D'accord, alors", dit-il en se retournant légèrement sur sa chaise, de sorte qu'ils fassent tous deux face à la majorité de la foule qui se presse dans la cantine, "Faites votre choix..." Aastha parcourut des yeux le vaste assortiment de garçons et de filles, le front plissé par un profond froncement de sourcils. Purab suit son regard, fronçant lui-même les sourcils. Qui sera l'heureuse élue ?

Aastha s'arrêta devant un groupe de filles assises autour d'une table qui se chuchotaient quelque chose à l'oreille et riaient à gorge déployée. Un sourire fugace se dessine sur les lèvres de Purab. Il connaissait chacune d'entre elles, était sorti au moins une fois avec chacune d'entre elles et il était sûr que chacune d'entre elles désirait ardemment une nouvelle émission. L'excitation a traversé ses nerfs à cette perspective. Il allait gagner ce pari haut la main.

Mais Aastha détourne la tête. Un peu déçu, Purab changea la direction de ses yeux pour fixer son professeur de biochimie d'âge moyen qui entrait de l'autre côté de la cantine. Certainement pas ! Son esprit s'éleva à la fois dans la panique et dans la révolte. Il n'avait pas l'intention de se faire recaler et pour l'amour de Dieu, cette femme avait l'âge d'être sa mère. Si cette tricheuse s'apprêtait à mettre le doigt sur elle, il allait protester.

Aastha avait déjà détourné son regard avant même que Purab ne prenne cette décision. Purab s'aperçut alors qu'elle regardait fixement devant elle un couple qui riait et discutait chaleureusement autour d'un café chaud. Il esquissa un demi-sourire dédaigneux. La fille de Parminder Dhanoa était en effet un morceau, mais il avait eu pitié de cet homme et ne lui avait pas tendu d'appât. Elle n'avait aucune chance, même maintenant ; Purab était sûr de pouvoir l'aplatir encore mieux maintenant qu'il avait obtenu des informations de première main sur elle de la part de son petit ami. Si Aastha la choisissait, elle renonçait à toute chance de gagner, ce qu'elle n'avait de toute façon jamais eu. Pour Purab, c'était du gâteau, mais il souhaitait intérieurement ne pas avoir à aller aussi loin. La fille était facile à attraper, mais Parminder était un ami et il n'avait pas l'intention de lui gâcher la vie, même s'il admettait qu'il n'était pas au-dessus de sa fierté. Cependant, il voulait rester à l'écart de tout désagrément si cela pouvait être évité.

"Ok, tu l'as", dit la voix d'Aastha à côté de lui. Il se retourna et, à son grand soulagement, la trouva en train de regarder au loin, à l'autre bout de la cantine. Au milieu de quelques tables occupées, il y avait une table où était assise une jeune fille mince, de taille moyenne, au teint hâlé, dont les yeux cherchaient quelqu'un dans une autre direction. Elle portait un débardeur blanc avec un motif coloré qui passait sur ses seins massifs et se terminait par une taille minuscule d'où partait une jupe noire encore plus petite qui exposait amplement ses jambes bronzées et galbées. Le cœur de Purab a bondi dans sa gorge et ses yeux ont failli sortir de son visage. Qui était-ce ? Mais cela n'avait pas d'importance, sa quête avait certainement pris fin. "D'accord", marmonna-t-il avec une excitation réprimée, en se préparant au mieux. Il n'avait jamais pensé qu'il finirait par remercier la garce à côté de lui d'avoir osé le défier. Mais le destin avait le don d'agir de façon mystérieuse. Il allait se lever lorsqu'il entendit à nouveau la voix de la jeune femme : "Mais qu'est-ce que tu regardes, espèce de Multibrand Romeo ?"

Il se tourna vers elle en fronçant les sourcils. Elle lui adressa un sourire moqueur : "Je ne pouvais pas m'attendre à autre chose de ta part non plus. J'espère que tu n'as pas développé une mauvaise vision ces derniers temps. Tous les cœurs de tes belles idiotes seraient brisés, un par un." Son humeur monte, mais Purab continue de la fixer calmement. Si seulement, pensa-t-il avec ironie, si seulement cet être humain n'avait pas été ostensiblement doté d'un corps de femme...

"Je parlais d'elle", dit-elle en levant la main et en pointant le doigt au loin. Purab tourna la tête dans la direction où il avait repéré sa future proie. Il regarda les tables vides derrière elle et remarqua finalement la personne assise à la plus éloignée d'entre elles.

Une jeune fille de taille moyenne, pâle et mince, la tête penchée, griffonnant quelque chose dans un carnet. Ses longs cheveux bruns étaient retenus par un bandeau blanc, mais quelques mèches s'étaient échappées et étaient éparpillées sur son visage. Elle portait une kurta blanc cassé d'aspect ancien sur une paire de jeans bleus délavés encore plus anciens, et ses pieds étaient chaussés de simples sandales noires. Deux grosses montures de lunettes rondes avec un épais bord noir couvraient plus que ses yeux, penchés, fixant avec une intense concentration le matériel d'étude posé sur sa table depuis plus d'une heure. Elle était assise, totalement absorbée par son travail, fronçant légèrement les sourcils en écrivant, buvant quelques gorgées dans un gobelet en carton posé à côté d'elle. Même de loin, on pouvait voir qu'elle ne portait aucun maquillage, pas même une touche de rouge à lèvres, et que le temps intolérable n'avait fait que ravager davantage son visage, des lignes de sueur s'y dessinant.

Purab continua à la fixer pendant quelques minutes, puis se tourna vers Aastha avec une expression rudement choquée. Se sentant un peu ébranlé, il lutta pour maîtriser sa voix et réussit à sortir un "Non" ferme.

"Pourquoi ?" demanda Aastha avec un sourire moqueur, "Quel est le problème ?"

Il la regarda d'un air contrarié, réalisant le sentiment d'être pris à son propre piège et siffla : "Je ne peux pas."

"Et pourquoi ?"

"Je ne peux pas", dit-il, "Choisis quelqu'un d'autre".

"J'ai choisi", dit-elle d'un ton un peu acide.

"J'ai dit choisissez quelqu'un d'autre", dit-il avec colère.

"Pourquoi devrais-je faire cela ?" Elle le regarde avec des yeux étroits, "N'as-tu pas dit tout à l'heure que tu pouvais faire fondre n'importe quelle fille. J'espère que tu sais qu'il s'agit d'une fille."

"Oui ! Mais...," il s'est arrêté.

"Mais quoi, Purab Chaddha ?" demande Aastha, "Est-ce que tu essaies de me dire que cette fille n'est pas ton genre ?"

"Bien sûr que non", a-t-il rétorqué, "je n'ai pas de type".

"Alors ?" Elle penche la tête et lui jette un regard de travers, "Quel est le problème ?"

"Je t'ai dit de choisir une fille..." commença-t-il mais s'arrêta à nouveau.

"Et ce n'est pas une fille ?" affirma-t-elle.

"Oui, mais...je veux dire..." il hésita, ayant du mal à formuler ses pensées. Il ne s'attendait pas à ce que son choix soit si choquant. Quand il avait dit n'importe quelle fille, il avait voulu dire n'importe quelle fille. Mais il voulait dire une fille... qui... qui... existait ? "S'il vous plaît". Il marmonna.

Elle secoua fermement la tête : "La décision est prise."

"Mais...", il resta à nouveau sans voix.

"Alors, tu admets ta défaite, n'est-ce pas ?" Un sourire triomphant brilla sur ses lèvres, "Tu admets qu'il y a une race de filles que Purab Chaddha ne peut pas atteindre ?"

"Non", répondit-il immédiatement, mais il fut à nouveau dégonflé par l'absence de raison.

"Yo man ! C'est cool", dit Aastha en levant les épaules avec arrogance, "J'ai gagné un pari avec Purab Chaddha, avant même qu'il ne commence".

Purab n'a rien dit, mais il est en train de mijoter à l'intérieur. Il faisait confiance à cette trouble-fête pour trouver des moyens aussi déloyaux de remporter une victoire facile.

Cherry, qui avait également repéré la jeune fille, se tourna vers elle en la suppliant : "Tu ne peux pas faire ça...", murmura-t-il, "Aie pitié", ce qui ne fit qu'inciter Purab à le dévisager avec surprise. Son propre disciple autoproclamé doutait-il de ses prouesses ?

Aastha secoua simplement la tête : "Un marché est un marché. Tu as dit que j'étais libre de choisir qui je voulais. Maintenant, tu peux soit aller de l'avant, soit accepter d'avoir eu tort."

"Mais..." commença Purab, agité. Ce n'est pas encore fini. Il n'avait pas vraiment dit que cela le dépassait, même si ce n'était pas loin d'être le cas.

Elle esquissa un sourire dégoûté : "Je ne sais pas pourquoi vous, les hommes, avez tant de mal à accepter la vérité", fixa-t-elle les deux hommes qui lui faisaient face : "La stricte vérité. Mais non, il faut que ce soit la vérité que vous façonnez en fonction de vos préjugés et de votre fausse fierté. Comme des maniaques, vous vous accrochez tous à cette vérité, bien qu'on vous ait prouvé le contraire à maintes reprises. Pour vous, quelque chose est vrai parce que vous l'avez dit. Point barre", jubile-t-elle, "mais c'est ....."

"Assez ! Purab lui jette un regard noir : "D'accord, d'accord. Je vais le faire."

Cherry le regarde, déconcertée. Sans sourciller, Purab se lève. "Bonne chance", dit Aastha d'un ton moqueur. Réprimant son envie de lui jeter un regard noir, Purab se retourna et sentit aussitôt sa confiance vaciller et l'incertitude l'envahir lorsqu'il aperçut sa proie supposée qui commençait à se diriger lentement vers elle. Que va-t-il se passer ?

Oh, et puis zut, un pari était un pari et il n'était pas question qu'il fasse marche arrière maintenant. Même s'il perdait, il valait mieux mourir en se battant que de se mettre la tête dans le sable comme une autruche.

La cible

Il n'est pas exagéré de dire que Purab Chaddha a rencontré toutes sortes de filles au cours de sa carrière d'étudiant. Ce n'est pas non plus qu'il n'ait pas abordé le groupe auquel celle-ci appartenait. Les filles solitaires, discrètes et simples qui ont pris sur elles de maintenir la tradition familiale de se tenir à l'écart des hommes jusqu'à ce qu'ils arrivent en frappant avec leur famille dans le cadre du "bride shopping" à des degrés ridicules, mais qui d'un autre côté haletaient et bafouillaient dans leur cœur en leur jetant des coups d'œil. Qui n'avaient pas un mot à dire, si ce n'est sur leur vie morne et sans histoire, dépourvue de tous les plaisirs, mais qui faisaient semblant de rougir et de froncer le nez de dégoût dès qu'on parlait d'eux. Qui ne faisaient rien ou tentaient à moitié d'attirer l'attention sur le fait qu'elles étaient des femmes et, Dieu merci, de belles femmes, et s'asseyaient en brûlant de jalousie et en regardant avec étonnement le genre de femmes qui pouvaient faire cela avec succès. Qui levaient des yeux désapprobateurs à la vue de couples et de baisers et se voyaient ensuite dans des positions bien plus compromettantes dans leurs rêves. Qui se mettaient à hurler les subtilités de la culture dès qu'un mec osait les approcher et qui se demandaient tout le reste de leur vie pourquoi elles n'arrivaient pas à faire tourner les têtes comme d'autres. En d'autres termes, un vrai "behenji".

Mais ce ne sont pas les seules choses pour lesquelles Pamela Chopra était célèbre, ou plutôt tristement célèbre. Étudiante discrète en psychologie, sa vie de trois ans à BT s'est déroulée sans encombre, d'un cours à l'autre et de la maison à l'université. Son passe-temps favori était l'écriture. Pas des poèmes, des limericks ou des histoires. Elle écrivait des notes. Des notes en classe, des notes à la bibliothèque, des notes à la cantine. Le stylo était prêt dans sa main avant même que le professeur n'ouvre la bouche. C'est à se demander ce qu'elle devait écrire tant les notes imprimées circulaient depuis des temps immémoriaux parmi tous ses camarades de classe. Mais elle avait gardé cette habitude depuis le premier jour où elle avait rejoint l'université.

Elle n'avait aucune idée de ce qu'elles contenaient, mais ces notes ont permis à sa carrière sans histoire de se dérouler sans heurts, sur un plateau stable, parmi les meilleurs. Ils avaient aussi la particularité d'être peut-être les seules connaissances qu'elle avait acquises depuis tout ce temps. Pamela était une solitaire habituelle. Même si ses relations avec aucun de ses collègues ou professeurs ne pouvaient être qualifiées de tendues, elles n'étaient pas assez fortes pour être définies de manière plus tangible.

Elle arrivait toute seule à 8h15 pour les cours de 8h30, s'asseyait entre deux bureaux vides, sortait silencieusement à la bibliothèque entre les cours et, le soir, s'installait à la cantine et commençait à prendre ses notes bien-aimées. Quant aux activités régulières d'une étudiante ordinaire, personne n'en sait rien. Pamela Chopra avait toujours été une étudiante différente des autres. Pas une étudiante exceptionnelle. Une étudiante "insitante".

Pour les garçons, Pamela était à la fois un mystère et une source d'amusement. En termes d'apparence, elle était classée dans la moyenne et appartenait clairement à la secte des femmes nées sans intérêt ni possibilité de rendre justice au petit avantage qu'elles avaient reçu sur celles qui, il faut bien le reconnaître, n'étaient pas très belles. Son visage silencieux et perdu, sa personnalité mièvre et discrète et sa réticence à admettre un membre du sexe opposé dans son cadre de vie, au-delà d'un simple bonjour, n'étaient pas non plus d'un grand secours. Il était en effet difficile de trouver un seul homme dans toute la ville qui ait vu autre chose qu'un ennuyeux rat de bibliothèque en Pamela, sans parler de l'attirance qu'elle lui inspirait. La jeune fille n'était pas non plus un citron facile à presser. Aucun garçon n'avait encore réussi à la convaincre de sortir avec lui, que ce soit pour plaisanter ou pour faire un pari. Ce n'est qu'au fil du temps que les garçons ont trouvé en elle un moyen pratique de s'entraîner avant de s'aventurer dans les eaux plus excitantes et infestées de requins du flirt en temps réel. Bien qu'elle ait été repoussée à maintes reprises, chaque jour un nouveau garçon apparaissait à ses côtés à la cantine, faisant de son mieux pour lui faire croire ce qu'il voulait qu'elle croie.

Le fait de ne pas s'être fait de petit ami jusqu'à présent, en fait de ne pas être sortie une seule fois, n'avait pas affecté la vie de Pamela de façon majeure, sauf qu'il lui était impossible de participer à certaines "réunions sociales" de l'université où tous les "habitants normaux" étaient censés se rendre. C'est l'obligation informelle pressante de ne pas arriver sans être accompagné qui a mis en évidence la plus grande difficulté de Pamela.

Elle n'a pas été agressée par les aînés lors du bal des nouveaux étudiants, elle ne connaissait aucun des morceaux joués par le DJ lors de la fête de la Saint-Valentin au "Breeze Ben", personne n'a regretté sa présence le jour de la rose et, comme d'habitude, elle a passé le réveillon du jour de l'an précédent blottie dans son lit, entre deux zzzzzs. Mais cela n'a en rien incité ou inspiré la jeune fille à tenter, à demi ou à plein, de se mettre dans une situation qui aurait pu lui permettre d'entrer dans ces fêtes. Elle est restée aussi discrète, aussi cachée, aussi imperceptible que d'habitude, ne permettant pas aux hommes éligibles du collège de lui accorder un second regard.

La seule fois de sa vie où elle avait été invitée à sortir, c'était lors de la soirée de promotion de la première année. Elle n'avait pas de cavalier, comme d'habitude, et Ritesh Dogra l'avait abordée en tenant compte du fait que sa propre petite amie n'était pas en ville et qu'il tenait absolument à participer à la fête. C'était un homme d'apparence convenable, bien élevé et propriétaire d'une Optra. Mais rien n'y fit lorsque, sans sourciller, Pamela déclina poliment l'invitation en disant qu'elle préférait ne pas aller à la fête du tout plutôt que de se présenter, de toute évidence, comme l'objet de la pitié de quelqu'un, créant ainsi un tollé dans tout le collège pour sa témérité. C'est d'ailleurs la raison pour laquelle Purab connaissait son nom et savait qu'elle appartenait à ce collège.

Il la contempla profondément tandis qu'elle restait totalement absorbée par sa prise de notes, totalement inconsciente de la conspiration qui avait été faite sur la façon dont elle allait passer au moins les prochaines minutes. Elle était plutôt pas mal, il devait l'admettre, mais il ne voyait vraiment pas comment il pourrait la pousser à accepter de sortir avec lui. Un rendez-vous avec elle ? Purab était plus dégoûté par l'idée qu'intimidé. C'était le genre de fille avec laquelle on ne le verrait pas mort et ici......

Pourtant, Purab Chaddha n'avait pas de type et c'était une bonne suggestion d'essayer quelque chose d'amer quand le goût du triomphe serait plus doux que jamais. Se préparant, il marcha d'un pas décontracté jusqu'à sa table, se demandant combien de temps cela prendrait.

Juger le terrain

« Ça vous dérange si je m'assois ici ? » lui demanda-t-il. Elle leva la tête et le regarda curieusement. Sans attendre de réponse, il tira la chaise en face d'elle et s'y installa. Elle resta quelques secondes à le fixer, puis haussa les épaules. "Tu t'en irais si je te dis que oui", dit-elle en se remettant à son cahier.

Un peu décontenancé, Purab la dévisagea, la remarque ayant piqué son intérêt au lieu de le dégonfler. Ce n'était pas une noix facile à casser, il pouvait le comprendre, il devait être un peu plus prudent. "Mais puisque vous ne l'avez pas fait, j'en déduis que vous ne le faites pas", répliqua-t-il en souriant sournoisement. Elle ne dit rien. Pendant quelques secondes, ils restèrent assis en silence. Elle continuait à feuilleter les pages, à souligner dans le livre et à griffonner dans le carnet à côté de temps en temps. Il la regardait fixement, se demandant comment commencer. Elle avait l'air d'être du genre à refuser clairement en quelques secondes et dans d'autres situations, il n'y aurait pas vu d'inconvénient mais......Peut-être que le meilleur discours était d'être détourné sans être trop direct.

"Quel temps charmant..." commenta-t-il. Elle ne le regarda même pas. "Le soleil est sur le point de se coucher, les nuages tournent autour, les oiseaux gazouillent joyeusement dans les arbres, le vent - il respire profondément - est frais et sent les fleurs écloses, pas un signe de pluie imminente n'est visible. C'est le temps d'être heureux, de faire ce que l'on veut, de profiter de la vie..."

"Occupez-vous de vos affaires..." dit-elle en le regardant droit dans les yeux, avant de se replonger dans son livre. Il la regarda fixement, son humeur commençant à monter. Au moins, se dit-il, cela signifiait qu'elle écoutait.

"Mon métier", dit-il d'un ton ferme, "c'est de faire comprendre aux gens ce qu'ils devraient faire". Elle leva la tête. "Et comment savez-vous cela ?" demanda-t-elle sans ambages. "Je sais au moins que personne ne devrait rester enfermé dans un coin de la cantine toute la soirée alors qu'il y a mieux à faire.

"Qui es-tu pour décider de ce qui est mieux pour des gens que tu ne connais même pas ? C'est le moi qui sait toujours ce qu'il y a de mieux." Elle affirma.

"Il passa ses doigts sur son livre, tout en continuant à lui sourire. "Parfois, il n'est pas nécessaire de connaître les entrailles de l'esprit pour savoir ce qu'il veut lorsqu'il est tout à fait à la surface. Mais je sais que pour connaître quelqu'un, il faut d'abord connaître son nom. Bonjour, je suis Purab Chaddha." "Je n'ai pas besoin que tu me dises ton nom", répond la jeune fille d'un air maussade, "mais je suis presque sûre que tu en as besoin pour le mien. Je m'appelle Pamela Chopra."

Il l'avait su à l'avance. Mais il ne pouvait pas lui dire la même chose et la mettre à son niveau. Personne n'avait besoin de savoir qui était Purab Chaddha.

"Et à propos de savoir...", continua-t-elle. "Est-ce vraiment si difficile ?", lui coupa-t-il la parole. "Quoi ?", demanda-t-elle, déconcertée. demanda-t-elle, déconcertée.

"D'être un peu plus amical avec les gens qui trouvent qu'ils ont besoin de connaître votre nom ? Ouah ! Trop bon, Purab. Jolie chute : "Même moi, sans avoir lu vos livres, je sais que les personnes dites introverties ont tout autant besoin de compagnie, aussi rare soit-elle. Aucun homme n'est une île à lui tout seul.....uh...," C'était quoi le reste ? Oh, putain ! Il n'arrivait jamais à comprendre ces proverbes bestiaux.

"Elle souriait maintenant, bien qu'un peu faiblement, mais Purab se sentit frappé. Il n'avait jamais vraiment vu cette fille avec les lèvres retroussées et il devait admettre que c'était un bon changement. "Toutes les choses, lorsqu'elles se rejoignent, n'aboutissent pas toujours à quelque chose de meilleur, continua-t-elle, il y a aussi des désastres.

"Quand deux choses se rencontrent, il y a toujours une interaction, que ce soit en bien ou en mal. C'est la loi de la nature. Il n'y a rien de vraiment inerte dans ce monde. Sauf peut-être si cela vient de Mars. Est-ce là votre place ?"

Elle sourit largement, lui montrant une rangée de dents blanches uniformément placées.

"C'est mieux", répondit-il en souriant. "C'est aussi facile que ça de connaître quelqu'un, tu vois ?"

"Mon sujet m'a dit l'éternelle vérité, monsieur, dès le premier jour où j'ai rejoint cette université. Qu'il n'est jamais possible de connaître qui que ce soit dans ce monde. Qu'il vienne de Mars ou de Vénus..."

C'est intéressant, s'il s'agissait d'une autre fille, elle aurait déjà donné son numéro de téléphone. "Tu n'es pas allée beaucoup plus loin que ça, n'est-ce pas ?" commenta-t-il tandis qu'elle notait quelques lignes supplémentaires dans son carnet. Elle s'arrêta à nouveau : "Qu'est-ce que tu veux dire ? demanda-t-elle d'un ton irrité.

"Tout comme le premier jour à l'université, tu n'as pas la moindre idée de qui que ce soit ici, de ce qu'ils sont pour toi, de ce qu'ils pensent de toi. Tu es aussi bien qu'un nouveau venu".

Si quelque chose pouvait mettre un frein à son écriture, c'était bien cela. Et ce fut le cas. Elle posa son stylo et le regarda fixement. L'astuce simple qui consiste à frapper son orgueil.

"Je suis la psychologue ici, monsieur. C'est mon travail de connaître l'esprit des gens", dit-elle laconiquement. Les femmes sont si contraires ! D'un côté, elle ne connaissait personne dans ce monde et de l'autre...

"Je ne comprends pas comment vous pouvez arriver à faire cela sans interagir avec qui que ce soit. Il n'y a qu'une seule personne qui le peut, en fait, et il...," il leva les yeux, "est plutôt bien installé là-haut."

"Je ne parviendrai jamais non plus à découvrir comment tu peux être aussi sûr de moi sans m'avoir jamais parlé de ta vie", réplique-t-elle.

Purab Chaddha n'avait pas besoin de parler aux gens pour les connaître. Mais il ne pouvait pas dire cela. Ce serait lui qui se contredirait.

"Je vous parle maintenant", dit-il lentement. "Bien sûr ! Tout ce que vous m'avez dit pendant tout ce temps, ce sont les insuffisances de mes connaissances sans avoir la moindre idée de leur étendue. Vous avez porté toutes sortes de jugements sur moi sans comprendre l'ensemble du scénario."

Wo ! C'était aller un peu trop loin. S'il l'excitait davantage, il n'allait jamais gagner ce maudit pari.

"J'ai compris, votre honneur", sourit-il, "Et si vous faisiez quelque chose pour réfuter ces allégations ?"

"Hein ?" Elle avait l'air confus.

Ces toppers étaient l'une des personnes les plus écervelées de la planète. Mais sérieusement, il ne pouvait pas s'attendre à ce qu'elle comprenne cela.

"Vous ne voudriez pas me dire à quel point j'ai tort", a-t-il ajouté, "me montrer que ce n'est pas vraiment ce que je pense ? Et si tu me donnais une chance ?

Elle plissa les yeux : "Tu n'en vaux pas la peine." Elle siffle.

Comment osait-elle ? Personne n'avait jamais osé dire cela à Purab Chaddha. Pour qui se prenait-elle ?

"Et comment peux-tu être aussi sûr de moi ? Vous ne me connaissez même pas", lui lança-t-il.

Elle lève à nouveau les yeux de son cahier, "Je ne veux pas te connaître". déclare-t-elle.

Il n'en pouvait plus. Pourquoi devrait-il le faire ?

"Parce que", commença-t-il doucement, alors qu'elle reprenait son écriture, "il n'est jamais possible de connaître qui que ce soit dans ce monde ?"

Elle le dévisagea. Lentement, un sourire hésitant se dessine sur ses lèvres. Hourra ! De nouveau sur la bonne voie. C'est un bon spectacle.

Il laissa échapper un petit rire : " J'ai gagné ", dit-il, " J'avais raison, n'est-ce pas ? Tu es aussi bonne qu'une fraîche".

Elle sourit faiblement, haussa lentement les épaules et se remit à écrire. Purab la regarde fixement, totalement décontenancé. Un instant, il pensait avoir fait des progrès et l'instant d'après, il n'était nulle part. Qu'est-ce qui ne va pas chez cette fille ?

Il se racle la gorge tandis qu'elle tourne une autre page : "Comme je le disais, ce n'est pas si difficile, tu connais cette partie de ton travail..."

Elle ne dit rien. Oh, pourquoi, putain, en était-il arrivé là ? Il aurait peut-être dû commencer par "Hey babe. Tu veux sortir quelque part ?"

"Tu n'aurais peut-être pas essayé, en pensant à l'éternelle vérité..." Elle leva les yeux vers lui avec une expression ennuyée. Vite ! Il devait agir vite.

"En fait, je peux te dire la façon la plus simple et la plus rapide de le faire... ça pourrait t'aider..." ajouta-t-il précipitamment.

"Oui ?" Elle avait l'air un peu, mais quand même un peu intéressée.

"Le meilleur moyen de connaître les autres est de se faire connaître. Une fois que les gens vous connaissent... vous les connaissez."

Elle roula des yeux et s'apprêtait à retourner à son livre lorsqu'il l'interrompit, "Non sérieusement, pour connaître les autres, il faut d'abord se faire connaître d'eux. Les gens ne s'ouvrent qu'à ceux qu'ils connaissent. C'est comme si tu ne me disais rien, parce que tu ne me connais pas."

"Pourquoi devrais-je vouloir vous connaître ?" demande-t-elle. Pour survivre ? pensa-t-il avec ironie. Pourquoi personne ne voudrait-il le connaître ?

"Ça ne vaut pas vraiment la peine de faire des efforts...."

"Quoi ?" Elle est décontenancée.

"De faire semblant d'être en colère contre moi, alors que ce n'est pas le cas", dit-il calmement. "Tout ce que je fais ici, c'est m'accrocher à une simple conversation....".

"Pourquoi ? Elle demande : "Pourquoi ?"

"Je te l'ai dit, c'est mon métier de dire aux gens ce qu'ils devraient faire."

"Et pourquoi m'avez-vous choisi parmi tous ces gens ?"

"Parce que", dit-il en souriant sournoisement, "tu en vaux la peine".

Aucune femme au monde ne résiste aux compliments et elle ne fait pas exception à la règle. Elle sourit et finit par poser son stylo à côté du carnet sur la table. C'est bien, nous allions quelque part.

Elle s'est allongée sur sa chaise. Retirant ses lunettes, elle s'essuya le visage avec la main. "Écoute, commença-t-elle en se redressant, je ne suis pas en colère contre toi. C'est juste que..."

"Il n'est pas possible", a-t-il dit, "de connaître qui que ce soit dans ce monde".

Elle le regarda fixement, puis baissa la tête, rougissant un peu. Il grimace. Prise à son propre piège ?

"Quel est l'intérêt de faire profil bas, de se cacher dans l'ombre ? Il s'enhardit, "Pourquoi dois-tu te tenir si à l'écart des autres ?"

"S'il te plaît, pas encore !" dit-elle en faisant la grimace. "J'en sais assez sur les autres, je n'ai pas besoin de faire ce genre de choses. Elle affirme.

"Et comment est-ce possible ?", a-t-il rétorqué, "quand tu ne veux connaître personne".

"Je le veux", répond-elle, vexée, "c'est juste que...".

"Tu n'as pas à lutter autant, tu sais." Il lui sourit, "Ce n'est pas si dur....".

"Et maintenant ?" Elle le regarde d'un air contrarié.

"De retenir l'attention de quelqu'un. Tu as tout ce qu'il faut pour ça."

"Et pourquoi voudrais-je faire ça ?" Elle s'affaissa, fatiguée, mais lui adressa un maigre sourire.

"Bien sûr, pour connaître l'autre personne. Je ne suis pas si mal, essayez-moi..." Il fut tenté de lui faire un clin d'œil, mais se retint. Elle sourit alors et ferma le carnet de sa main libre. Youpi ! Le premier obstacle est franchi.

"Les gens sont prêts à vous accorder de l'attention si vous le demandez. Tu ne peux pas connaître quelqu'un sans qu'il te connaisse d'abord, répéta-t-il, pourquoi ne pas sortir, rencontrer les autres, profiter des moments qui sont là ? Tu n'as pas besoin de faire grand-chose pour ça..."

"Et pourquoi devrais-je en faire autant", dit-elle simplement, "juste pour que les autres me connaissent ? Pourquoi devrais-je recourir à de telles tactiques alors que ce n'est pas la vraie moi ? Si les gens doivent me connaître, ils doivent m'accepter telle que je suis." Elle leva la tête, vainement : "Je suis moi et je suis sacrément heureuse comme je suis. Pourquoi devrais-je me changer pour les autres ?" C'est ainsi qu'elle l'avait pris. Elle pensait qu'il voulait qu'elle endosse le même manteau que la fille sexy qu'il avait ratée il y a quelques minutes. Comme si elle en était capable ! Jamais de la vie !

"Je ne te demande pas de te changer. Tout ce que je veux dire, c'est que tu dois faire en sorte que les autres te remarquent. Crier au monde : "Hé, c'est moi !". Elle lui sourit sourdement.

"Je suis presque sûr que tu as la confiance nécessaire pour dire tout ce que tu m'as dit aux autres. Mais tout ce que tu fais, c'est de te taire dès que quelqu'un s'approche de toi..."

Elle esquissa un sourire penaud et baissa les cils. "Pour éloigner les gens comme toi..." dit-elle doucement.

C'est vrai que ça marche, pensa-t-il sourdement, mais il continua, "Oh là là ! Qu'avons-nous fait pour mériter cela ?"

Elle leva les yeux vers lui et sourit. Il rit à son tour.

"Rien. Personne n'a rien fait. Et c'est bien là le problème", dit-elle d'une voix rêveuse.

"Hein ?" Qu'est-ce qu'elle veut dire ?

"Rien", sourit-elle.

"Alors, essayons un peu, d'accord ?" Purab lance enfin son atout : "La soirée n'est pas encore terminée. Que dirais-tu d'aller au 'Sweet Sense' et de faire savoir aux autres que tu existes ?"

Elle le regarde mais ne dit rien. Qu'est-ce qu'il faisait ? C'était un vendredi soir, toute sa bande serait là. Il avait peut-être accepté de sortir avec cette ? fille pour un pari, mais si les autres le voyaient avec elle, sa valeur marchande allait chuter à un niveau historiquement bas.

"En y réfléchissant bien, dit-il rapidement, il y a peut-être trop de monde ce soir. Allons au Rodeo International, on y mange très bien." Et les gens qui s'y trouvaient étaient généralement du genre fermé et désintéressé. Ils savaient seulement qu'il était improbable qu'il arrive dans ce genre de lieux sans être accompagné, peu importe qui c'était. Et ils étaient assez nombreux pour être des témoins fiables.

"Pourquoi fais-tu tout ça ? demanda-t-elle soudainement.

Je ne l'aurais jamais fait, bébé, s'il n'y avait pas eu cette maudite femme. Mais, concéda-t-il, ce n'était pas aussi grave qu'il l'avait cru.

"Je vous l'ai dit, c'est mon affaire. D'ailleurs, vous pouvez prendre ma garantie. Il n'y a aucune difficulté..."

"En quoi ?" demanda-t-elle d'un air absent.

"Il fit mine de gonfler ses biceps, ce qui la fit pouffer de rire. "Je ne suis pas si mal, j'espère que tu le penses aussi, après tout, je te parle depuis une heure", un record selon elle, "et tu ne m'as pas montré le moindre signe d'ennui. Je peux vous assurer que j'ai l'habitude de me brosser les dents", lui dit-il, elle rit à nouveau, "et de prendre un bain deux fois par jour et je n'ai aucune tendance à mordre ou à griffer". Il sourit, "Vous serez totalement en sécurité en ma compagnie ba...euh...Lady, vous pouvez le constater par vous-même."

Il sourit en la voyant rougir davantage. Un simple hochement de tête, deux heures de rodéo et il fermerait à jamais le museau de cette stupide salope. "Et ce n'est pas vraiment une bonne idée de se détourner des gens qui veulent te connaître autant que tu veux les connaître, tu ne crois pas ? Il dit d'un ton cajoleur en baissant la tête pour croiser son regard.

Elle fit un sourire timide et leva les yeux vers lui. Elle eut le même sourire que lui, puis baissa à nouveau les yeux. C'était une prise facile après tout. Qui peut résister à la magie de Purab Chaddha ?

Elle sourit à nouveau et détourne le regard.

Soudain, elle s'est retournée et a dit : "Bon, d'accord, c'est allé un peu loin, tu ferais mieux de sortir avec ça maintenant".

"Hein ?", s'exclame-t-il, totalement décontenancé, "Quoi ?".

"Qu'est-ce que tout cela veut dire ? Tu ferais mieux de me dire de quoi il s'agit. Et je veux la vérité."

Attrapé !

"Qu'est-ce que tu veux dire ?" Qu'est-ce qui s'est soudain passé ? Avait-il dit quelque chose ?

"Je ne suis pas née de la dernière pluie, affirma-t-elle, et je ne suis pas aussi stupide que vous le pensez. Pourquoi fais-tu ça ?"

"Mais...Mais..." bégaya-t-il, "Je te l'ai dit, n'est-ce pas..."

"Pas ça", dit-elle, "je veux la vraie raison. Tu crois que je ne comprendrai pas quand un homme de ton genre viendra s'asseoir à côté de moi ?"

Génial ! Le même type d'affaires. Purab Chaddha n'a pas de type ! Il avait envie de crier. Et cela signifiait-il qu'il jacassait pour rien depuis une heure ?

"Allez, dis-moi qui c'est ? demanda-t-elle.

"Qui ? De quoi tu parles ? demanda-t-il d'un air innocent.

"Tu as fait un pari avec quelqu'un, n'est-ce pas ? Tu as parié avec quelqu'un, n'est-ce pas ? Que tu me convaincrais de sortir avec toi".

Omigod ! Comment l'a-t-elle su ? "Non...Non !" commença-t-il.

"Tous les deux ou trois jours, un type surgit à côté de moi, se présente, me demande mes hobbies, ce que j'aime et ce que je n'aime pas, si j'aime regarder des films et si j'irais avec lui à l'un d'entre eux. N'êtes-vous pas fatigués d'essayer d'être amicaux avec quelqu'un pour quelques billets de banque ? Ai-je fait quelque chose pour que vous fassiez tous de moi la cible de vos plaisanteries ?"

C'était mauvais ; il devait l'admettre, vraiment mauvais.

Mais elle n'en avait pas fini, "C'est tellement irritant. Je refuse poliment à chaque fois, mais le lendemain, sans faute, un autre gars vient me voir avec un stupide Hi, Hello, can I talk to you ?".

Et zut ! Qu'est-ce qu'il va faire maintenant ?

"Pourquoi devez-vous tous me choisir ? Il y a tellement de filles sur le campus qui sauteraient sur l'occasion de sortir avec un gars, n'importe lequel d'ailleurs. Je ne suis tout simplement pas intéressé, pourquoi ne pouvez-vous pas vous mettre ça dans la tête ?"

Pour la première fois de sa vie, Purab Chaddha a perdu une prise.

Pas si vite ! Purab n'est pas du genre à abandonner si facilement. Il n'était pas non plus du genre à laisser une fille, n'importe laquelle d'ailleurs, dans l'embarras.

"Écoute, Pamela, commença-t-il avant de remarquer comment la jeune fille commençait, je peux comprendre ce que tu ressens et c'est vraiment pourri de la part de ces gens de te traiter de cette façon. Mais cela ne veut pas dire....."

"Je sais," elle le coupa court, "tu étais différent des autres, tu as au moins été un peu meilleur pour moi mais c'est déjà allé trop loin et ça n'arrivera pas. Merci beaucoup de m'avoir accordé votre temps, mais s'il vous plaît, ce n'est pas la peine d'aller plus loin. Si vous voulez, je peux sourire à la personne qui a fait ce pari stupide avec vous et lui donner l'impression que je suis d'accord mais il n'y aura rien de plus que cela..."

Il était plus que furieux maintenant, "Pourquoi tu me parles comme ça ?".

Elle lui répond d'un regard glacial : "Pourquoi me parlez-vous d'abord ? Tu as fait un pari avec quelqu'un..."

"Bien sûr que non !" protesta-t-il, se sentant toutefois très mal à l'aise, "Qu'est-ce qui te fait penser ça ?"

Elle plisse les yeux, "Alors dites-moi pourquoi vous êtes venu me voir..."

"Parce que.....Parce que...", les mots lui manquèrent un instant puis commencèrent à sortir avec la rapidité de l'éclair, "Je t'observe depuis un certain temps, tu es toujours si seule, si séparée des autres. Tu ne traînes pas dans les endroits que nous fréquentons tous, tu n'assistes à aucune fête ou activité. Tout ce que tu fais, c'est t'asseoir dans un coin de cette cantine et écrire des notes jour et nuit. J'ai l'impression que ce n'est pas fait. Vous.... avez besoin d'amis."

"Oh !" soupire-t-elle, "Dois-je te croire ?"

Il la regarde en se sentant légèrement coupable. Ses paroles étaient aussi creuses qu'elles semblaient l'être. "C'est tout à fait ton appel...." murmura-t-il. Elle se retourna un instant, puis prit ses lunettes de l'endroit où elles étaient posées sur la table et les mit. Soupirant à nouveau, elle dit : "D'accord, tu dis la vérité, merci beaucoup, mais je suis heureuse comme je suis. La dernière chose dont j'ai envie, c'est que quelqu'un s'apitoie sur mon sort. Tu n'as pas besoin de te donner autant de mal."

Pourquoi faut-il toujours que tu penses que les gens viennent à toi par pitié ou par pari ? demanda-t-il. Elle le regarda fixement, "Parce que c'est la vérité ?".

"C'est ce que tu crois être la vérité ! C'est pourquoi vous ne laissez pas entrer dans votre cadre de vie des gens qui veulent être vos amis".

"Ce que je ne comprends pas, c'est que je suis ici depuis le même temps que vous. Pourquoi ces pensées devraient-elles soudainement surgir dans votre esprit maintenant ?"

Un bon point. "Alors... alors... Il n'est jamais trop tard pour commencer quelque chose. Tu vois, d'abord tu ne fais rien par toi-même et ensuite tu fais fuir les gens qui viennent te voir avec tes soupçons insignifiants..."

"D'accord... D'accord... Calme-toi", sourit-elle, "J'ai peut-être été un peu trop sévère dans mon jugement".

"Comment peux-tu porter un jugement sans aller au fond des choses ?"

"Alors laisse-moi faire", dit-elle, "et ce n'est pas comme si j'allais te punir ou quelque chose comme ça, alors dis-moi la vérité. Arrête de tourner autour du pot et dis-moi exactement ce que tu attends de moi".

Elle le regardait droit dans les yeux et Purab sentit un pincement d'hésitation. "Rien... je veux vraiment dire... rien... juste ton amitié..."

"Pourquoi ?"

"Comment ça, pourquoi ? Tu ne peux pas comprendre que quelqu'un veuille être ton ami ?"

"C'est ça qui est louche..." elle sourit, "Qu'il veuille être ami avec moi..."

Il en avait assez, "Voilà que tu reviens à tes jugements sans rien savoir. Tu crois que les gens viennent à toi par pitié ? Aie pitié de toi et donne-toi la peine de m'essayer", termina-t-il sarcastiquement.

La main de la jeune femme s'était mise à jouer avec son carnet, "Et comment pourrais-je savoir que vos intentions sont vraiment aussi nobles qu'elles le paraissent, sans, comme vous l'avez dit, vous connaître ?". Il s'élança presque vers elle : "Alors laissez-moi vous donner cette chance." Il approcha son visage du sien. Elle lui répondit en souriant, sans sourciller.

Elle haussa un sourcil : "Au rodéo, au milieu des regards, dans deux heures seulement ?". Elle la défia.

"Cela aurait dû suffire, mais je vais avoir pitié de toi", dit-il en souriant, "je vais te donner une journée entière..."

"Une journée ?", s'étonne-t-elle.

"Une journée..." Il répéta et s'arrêta, l'horreur l'envahissant, Oh mon Dieu ! Qu'avait-il fait ? Une journée entière ? Il n'était jamais sorti aussi longtemps, même avec l'un de ses rendez-vous habituels. Était-il devenu fou ?

Elle plissa les yeux : "De quoi s'agit-il ?" Il la regarda d'un air contrarié. Il ne pouvait plus revenir en arrière, il l'avait dit, "Tu le sais très bien, je ne vais pas le répéter..."

"Bien sûr, je sais", dit-elle sans ambages, "Un nouveau truc, n'est-ce pas ? On peut rester avec une fille pendant toute une journée."

Il ne sait pas s'il doit rire ou pleurer. "Tu pourras en décider après la journée."

Elle a ri, "Alors quoi, on va faire ce marathon de rendez-vous maintenant pour prouver que tu n'es pas venu pour flirter avec moi pour un pari ?"

"J'espère que tu sais faire la différence toi-même", dit-il laconiquement, "j'ai été clair sur mes intentions depuis le début. C'est à toi de décider de la vérité par toi-même. Après avoir passé une journée avec moi. Appelez cela un essai. Une épreuve d'amitié."

Son sourire s'effaça. "Une épreuve d'amitié ?" Elle murmure.

"Oui, une épreuve d'amitié. Je n'ai jamais fait cela pour personne, mais je le ferai pour toi. Je te donnerai une journée entière pour que tu saches que j'en vaux la peine."

"Mais...Mais ....Un jour ?"

Oui, un jour ? Comment cela a-t-il pu sortir de sa bouche ? Qu'est-ce qu'il va faire maintenant ?

"Un jour. Pas d'études, pas de cours. Toute la journée avec moi. Personne d'autre. Tu es d'accord ?" demande-t-il.

"Mais c'est beaucoup de temps..." dit-elle, "je suis très occupée...".

Très bien ! C'est bien. Il y avait peut-être un moyen de se sortir de cette situation. Purab a sauté sur l'occasion : " Tu devras prendre une journée. Tu devras faire au moins cela si je veux consacrer autant de temps à toi." Il était impossible qu'elle dise oui. Elle était une âme "occupée" (Ha ! Ha !).

"Mais...

"Tu ne veux pas ?" dit-il d'un ton ironique, "Alors, je ne peux rien faire...".

Elle reste assise à regarder devant elle, plongée dans ses pensées. C'est bon bébé, allez, ça ne fait pas de mal de le dire, les deux heures de Rodéo étaient une meilleure idée.

"J'ai une journée", dit-elle lentement, le stupéfiant au-delà de toute mesure, "Après-demain, dimanche. Mon père est en déplacement et ma mère part dans la matinée pour Amritsar, chez ma sœur. J'ai toute la journée pour moi". Elle l'a regardé et il l'a regardée, hébété par l'impact du ciel qui lui était tombé sur la tête : "Vous seriez libre ?"

Il n'était pas vraiment occupé. Heureusement, il n'avait pas de rendez-vous ce jour-là. Une petite sortie le soir au salon du jeu vidéo avec des amis pouvait facilement être annulée. Mais qu'est-ce qu'il faisait ? Allez, pour l'amour de Dieu, c'était ça son idée de passer son dimanche ? Il aurait peut-être dû lui dire la vérité, elle avait même été prête à faire semblant. Seulement si cette salope n'avait pas demandé la preuve....

"Bonjour, Purab ? Purab ?" Il fut tiré de ses pensées par la main de la jeune femme qui lui faisait signe de s'approcher. Elle le regardait avec curiosité.

Il se reprend rapidement : "Bien sûr... Bien sûr, je suis libre. Très bien, dimanche donc. Je viendrai chez vous dimanche, donnez-moi votre adresse."

"D'accord", elle ouvrit son carnet et commença à griffonner la dernière page. Il la regarde, déprimé. Son "rendez-vous". Pour tout son dimanche. C'était pourtant de sa faute et il ne pouvait plus reculer.

"Tiens", elle arracha la page et la lui tendit.

Il y jette un coup d'œil. Réfléchis, Purab, tu n'as vraiment pas besoin de faire ça. Dis la vérité et va-t-en. Perdre un pari n'est pas si grave.

"D'accord", dit-il en levant les yeux au ciel, "je viendrai chez toi à 8 heures du matin..."

"8 ?" Elle est surprise.

"Bien sûr, 8, quand j'ai dit toute la journée, je le pensais", tenta-t-il un sourire courageux alors qu'il se sentait déjà sur le point de fondre en larmes.

Elle le regarda contemplativement pendant un moment, puis dit, "Je pense que ça devrait aller, ma mère part vers 7-7.30. Mais..." elle hésita, "Tu es vraiment sûr de vouloir faire ça ?".

Oh là là ! Dans quelle situation s'était-il fourré ? Pourquoi avait-il pris ce pari stupide ? Il souhaitait qu'Aastha échoue à chacun de ses examens à venir.

"C'est à toi d'en décider", dit-il en haussant un sourcil, "j'ai fait exactement ce que je voulais". Elle ne dit rien. "Je ne te force pas..." commença-t-il prudemment, "Tu n'es vraiment pas obligée de faire ça."

S'il te plaît, dis-le, chérie, pense à ces cahiers auxquels il manque ton gribouillage du dimanche, pense à ces livres qui meurent d'envie de croiser ton regard, pense à ces séries télévisées que tu finiras par ne plus regarder....

"Non, non, ça va", dit-elle précipitamment. La déception lui monte à la tête d'un grand coup tandis qu'elle sourit : "Ce sera un changement, bien sûr, voyons s'il est bienvenu".

"Je l'espère aussi", dit-il en se levant avec découragement, "On se voit dimanche. Sois prête." Elle acquiesça.

"Au revoir, Pamela", dit-il poliment avant de se retourner.

"Vous pouvez m'appeler Pam." Il se retourna et la trouva en train de lui adresser un sourire radieux. Il sourit même s'il sentit une vague de nausée le prendre à la gorge. Faisant demi-tour, il se dirigea vers la table où Aastha et Cherry étaient assises et regardaient l'épisode. Il pensait avoir peu de chances de gagner le pari, mais il y était parvenu, au prix d'une journée. Pourquoi, putain ? Pour prouver la vérité !

Il passa devant la beauté blanche qu'il avait aperçue un peu plus tôt et qu'il avait prise pour sa proie. Il se retourna avec nostalgie pour lui jeter un coup d'œil, juste à temps pour la voir se lever et passer sous le bras levé de Parminder Dhanoa qui l'enroula autour de son épaule et l'escorta hors de la cantine. Avant de partir, l'homme s'est retourné et a fait un clin d'œil malicieux à Purab, ce qui l'a profondément irrité. Ce sont les mêmes personnes qui ont de la chance, pensa-t-il avec morosité.

"Qu'est-ce qui s'est passé ? Cherry se leva immédiatement lorsqu'il les rejoignit, "Que s'est-il passé, Sirji ?"

"Qu'est-ce qu'il y a à faire ?" Aastha sourit d'un air moqueur, "Ce n'est pas son type....", dit-elle en souriant.

Purab lui jette un regard noir. "Bien sûr que non", proteste Cherry, "je l'ai vue sourire".

"Et alors ?" Aastha regarde Purab d'un air perplexe : "C'est une fille très gentille. Elle sourit à tout le monde. Même quand elle dit non."

Et même quand elle dit oui, pense Purab, irrité.

"Je n'y crois pas", s'emporte Cherry, "Il faut que les choses soient dites de vive voix. Allons Sirji, se tourna-t-il vers Purab, est-ce vrai ? A-t-elle accepté ?"

Purab n'a pas écouté une seconde. Pour la énième fois, il se mit à maudire sa bouche pour ce stupide lapsus. Comment avait-il pu le mentionner un jour ?

"Sirji ? Cherry tournait toujours autour de lui. "Oui... dit lentement Purab en s'asseyant sur la chaise qu'il occupait auparavant, "Oui, elle est d'accord. Nous sortons ensemble après-demain." Au moins, il pouvait dire cela, même si ce n'était pas toute la vérité.

La bouche de Cherry s'ouvrit. Même le sourire d'Aastha s'estompa.

"Mon Dieu ! Cherry tourna le dossier de sa chaise vers la table et s'assit dessus, "Tu l'as obligée à accepter ? Gourou, tu es vraiment génial. Tu peux entrer dans la peau de n'importe quelle fille. Hé A, qu'est-ce que tu en dis maintenant ?" Purab ne la regarde pas. Il avait gagné le pari, mais cela ne lui avait guère apporté de bonheur.

"Mais j'espère que tu n'as pas oublié la deuxième clause. Mais j'espère que tu n'as pas oublié la deuxième clause. Tu dois aller avec elle au rendez-vous.

"Bien sûr qu'il n'y va pas", dit fièrement Cherry, dont les yeux se tournent vers Purab avec une admiration intacte. N'est-ce pas Sirji ?"

Purab regarde Aastha. Elle lui souriait toujours. Pourquoi l'écoutait-il toujours ?

"Oui. Il marmonne d'un air fatigué. Y a-t-il quelque chose de pire que d'être pris à son propre piège ?

Juger le terrain modifié

Purab attend à l'arrêt de bus, confortablement installé sur sa moto. Il jeta un coup d'œil à sa montre : 8 h 15. Il aurait dû rentrer, mais la vue de la voiture encore garée à l'extérieur et un étrange instinct lui intimèrent de rester sur place, fixant la belle maison en duplex de couleur brun chocolat qui lui faisait face en biais et qui était séparée de lui par une petite route sans circulation pour l'instant.

Il ne s'est pas trompé. Quelques instants plus tard, la porte d'entrée s'est ouverte et deux femmes sont sorties en bavardant. La plus âgée portait un sari bleu, ses cheveux étaient bien attachés en chignon et elle semblait pressée. Derrière elle marchait Pamela, vêtue d'un haut noir sans manches et d'un short blanc, les cheveux ouverts et ébouriffés, manifestement réveillée depuis quelques minutes. Elle tourne la tête vers la route, puis jette un rapide coup d'œil en arrière, confirmant à Purab qu'elle l'a repéré.

La mère de Pamela se tourna vers elle, sourit et commença à dire quelque chose. Pamela écouta attentivement, hochant la tête de temps en temps. Une fois qu'elle eut fini de parler, elle serra chaleureusement sa fille dans ses bras, puis ouvrit la portière arrière de la voiture et monta à bord. La voiture démarra immédiatement et commença à glisser sur la route dans la direction opposée, entourée de rangées de maisons semblables.

Pamela salua derrière elle pendant un certain temps, même après que la voiture ait été perdue de vue. Puis elle s'est retournée et a fait signe à Purab. C'est parti, pensa Purab en lui faisant signe de la main. Voyons comment cela se passe.

Pamela lui fit signe de venir. Purab démarre la moto et parcourt la petite distance en quelques secondes, sans rencontrer d'obstacle, et s'arrête à un endroit situé à quelques centimètres de Pamela, qui sourit timidement.

"Vous avez tenu parole", dit-elle en garant la moto et en descendant, "Vous n'avez pas eu à attendre trop longtemps, j'espère".

"Non... Non, je viens juste d'arriver", a-t-il menti. Il savait que c'était l'une des choses auxquelles il fallait toujours faire face avec les filles.

"Maman devait partir il y a une heure, mais on s'est levés tard et tout était en désordre. Et puis je n'ai pas pu me préparer. Pas vraiment devant maman", hésite-t-elle. "Vous voyez ce que c'est..."

Bien sûr, il le voyait. Il avait tout vu, l'éventail des excuses que ses camarades donnaient toujours pour arriver en retard, il pouvait même faire un rapport de thèse. Pourquoi en serait-il autrement ? D'ailleurs, plus il était tard, moins il passait de temps avec elle.

"Ce n'est pas grave", dit-il en souriant de manière rassurante. "Merci", répondit-elle en souriant. "Euh, pourquoi n'entrez-vous pas ? Ce ne sera pas très long."

J'espère que c'est le cas, pria-t-il silencieusement en la suivant dans la véranda et en franchissant la porte d'entrée. On le conduisit dans un salon douillet, avec un canapé rouge à coussins et une table basse. Un téléphone était posé sur un tabouret d'angle et une énorme télévision était accrochée au mur en face. Un tapis vert foncé recouvrait le sol et la table basse.

Quelques marches s'élèvent derrière le canapé principal et mènent à un passage flanqué d'un petit mur qui le sépare du salon. Une porte blanche était visible sur le mur de l'autre extrémité, donnant probablement accès à une autre pièce.

Purab regarda la pièce encombrée, les magazines qui traînaient sur la table, les cadres photos posés sur le mur de séparation du passage, l'immense tableau d'un paysage accroché au mur à côté de la porte d'entrée et se délecta de l'étreinte réconfortante qu'il procurait à un parfait étranger comme lui. Il ne put s'empêcher de sourire, de se blottir dans la chaleur d'un foyer qui lui fit instantanément chaud au cœur. Sa maison de Chandigarh ne lui manquait pas vraiment, il pensait être plus à l'aise à l'extérieur. Mais chaque bouffée de cette atmosphère délicieusement familière semblait le transporter à des kilomètres de là, à l'endroit où il avait été absent pendant des mois, avec une forlornness obsédante.

Pamela bavardait nerveusement,

"En fait... tout s'est passé si vite, je n'ai pas eu le temps de faire quoi que ce soit..." Elle dépasse les canapés et se dirige vers la porte située à l'autre bout de la pièce. Purab la suit tranquillement à l'intérieur de ce qui s'avère être une cuisine et une salle à manger. Une table ronde en bois peint en blanc se trouvait au centre, entourée de quatre petites chaises en bois. Sur la table se trouvaient une cruche d'eau avec quelques verres, une bouteille de lait, un gros paquet de cornflakes et un bol avec un assortiment de fruits. Sur un côté, près d'une chaise, se trouvait une assiette contenant les restes d'un repas pris à la hâte.

"J'ai vraiment été incapable de faire quoi que ce soit. Pamela murmura, ramassa précipitamment l'assiette et courut dans la cuisine séparée de la table par deux plateformes encombrées de différents appareils.

Purab regarda autour de lui d'un air amusé, puis s'installa sur une chaise face à la cuisine. Plaçant l'assiette dans l'évier, Pamela se tourna vers lui et lui demanda : "Veux-tu prendre ton petit-déjeuner ?

"D'accord", a-t-il marmonné. En fait, il avait déjà mangé dans le mess de l'auberge, espérant ainsi économiser sur les frais de repas à l'extérieur. Mais comme toute la nourriture de l'auberge, l'aloo parantha détrempé, froid et dépourvu de pommes de terre avait déjà été digéré sans que ses papilles gustatives n'en soient affectées. De plus, la perspective de manger à la maison après une longue période de temps le ravissait secrètement.

"Bon, alors, comment aimez-vous vos œufs ? Brouillés ou durs ?" demande-t-elle en se retournant vers la cuisinière. Purab la regarde dans le dos. Aucun de ses rendez-vous n'avait jamais cuisiné pour lui et ce n'était même pas un rendez-vous à proprement parler. "De toute façon, ça n'a pas d'importance..."

"D'accord, je suis pressé pour l'instant, je vais prendre un œil de bœuf." Pamela s'affaira à ramasser les ustensiles et à préparer les ingrédients avec l'efficacité et la confiance d'une ménagère accomplie. Purab la regardait, à la fois amusé et ravi, se demandant ce qui l'attendait au cours de la journée.

"Alors, quels sont les projets ? demanda-t-elle sans se retourner, ce qui le fit sursauter. Est-ce qu'elle lisait dans ses pensées ?

"Ummm..." il se lécha les lèvres, "Je pensais...à un tour au centre commercial de Pratapson...à un film chez Renuka..." Voulait-elle autre chose ?

"Ça m'a l'air super", dit-elle simplement. Il se détendit. Dieu merci, ce n'était pas la bibliothèque ou un vieux film en DVD dans la maison qui l'attendait. "Sa voix retentit, suivie par le craquement d'un œuf et le bruit de son mijotage dans l'huile chauffée. Il sourit, "Merci, je vais le faire".

Il se versa du lait dans un verre, prit une pomme et la croqua en l'écoutant casser un autre œuf. Il mâchonna un moment et la regarda se diriger vers la poubelle et y jeter les coquilles vides. Ses longs cheveux lui arrivaient un peu au-dessus de la taille, les efforts de son sommeil ayant ajouté quelques ondulations supplémentaires. Ils rebondissaient pendant qu'elle travaillait, les battements d'une mélodie non écrite, épaisse et sombre comme la nuit. Elle les gardait toujours attachés, coupés de près, leur ôtant toute chance de les apprécier. Mais en ce moment, même dans la position la plus incongrue, ses cheveux entouraient son visage rond comme une auréole, l'oignant d'une douce délicatesse, d'une touche d'innocence à couper le souffle.

"Ta mère va chaque semaine chez ta sœur ? lui demanda-t-il.

"Hein ?" Elle se retourna en même temps que la sonnerie autoritaire du grille-pain qui chauffait silencieusement. Elle se retourna rapidement vers lui. "Pas vraiment", répondit-elle, toujours dos à lui, "plutôt une fois par mois ou par quinzaine..."

"Elle y travaille ?"

"Elle est mariée..." elle se retourna vers lui en souriant, tenant une tranche de pain grillé dans une main et la beurrant de l'autre, "Une femme au foyer heureuse. Elle a quitté notre home sweet home il y a un an. Elle manque beaucoup à maman..." Le ton légèrement rêveur qu'elle adopta à la fin de sa déclaration montrait clairement qu'elle avait elle aussi sa part d'émotions.

"Et tu restes seule ici ?"

"Oh non", elle repose la tranche de pain et se précipite vers la cuisinière pour l'éteindre. "Je me laisse faire, la plupart du temps", poursuit-elle en revenant vers les tranches de pain, "J'ai juste dit que je n'avais pas envie aujourd'hui..."

"Ta mère a été surprise ?" Il savait que la sienne le serait s'il disait qu'il n'avait pas envie d'aller chez sa tante préférée.

Le grille-pain sonna à nouveau. Pamela leva la main pour l'éteindre. "Non, elle sait que je n'ai pas grand-chose à faire là-bas, Ma et Di sont juste occupées avec leurs commérages et leurs divagations sur les nuances de la vie domestique, un sujet auquel je ne peux malheureusement pas contribuer...", dit-elle en souriant. Elle se retourna et commença à beurrer les tranches éclatées, "Elle a protesté, un peu quand même, après tout c'est la même situation ici..."

Le croirait-elle si quelqu'un lui disait ce que sa petite fille, calme et discrète, avait prévu pour la journée ? Est-ce que quelqu'un le croirait, d'ailleurs ? Aurait-il cru lui-même qu'une fille comme Pamela irait à un rendez-vous, après avoir menti à sa mère, avec un homme comme lui ?

Marquer le territoire

Allons donc, était-il trop d'accord avec l'affaire du "type" qu'il avait lui-même entrepris de réfuter ? Bien sûr, pourquoi ne le ferait-elle pas ? Purab Chaddha avait le pouvoir d'inciter une fille, n'importe quelle fille, à mentir à sa mère. "Et ton père, qu'est-ce qu'il fait ?

"Papa est le PDG du groupe d'industries Winkett". Il doit souvent faire des voyages comme celui-ci."

C'est un grand patron, pense Purab. La société était l'une des multinationales les plus connues en Inde. Les élèves de sa classe, y compris lui-même, pouvaient mourir ou tuer pour décrocher un emploi dans sa branche pharmaceutique. Alors que la fille de cet homme n'était qu'une entité silencieuse, satisfaite de son petit monde de notes abstraites. Pas d'airs, pas de plumes. Intéressant....

"Il revient après-demain", dit-elle en s'approchant de l'estrade, plus près de lui. Prenant les récipients de sel et de poivre, elle en vaporise une bonne quantité sur l'assiette qu'elle tient. Purab la regarde, puis le continent blanc laiteux et brun de l'assiette et la grosse cible dorée en son centre, l'odeur qui s'en dégage lui taquine les narines, mmmm.......

Pamela plaça l'assiette devant lui, puis fit un nouveau tour dans la cuisine pour aller chercher les couverts et les quatre tranches de pain beurrées.

"Alors, et toi ? demanda-t-elle en prenant place à l'autre bout de la table.

"Moi ?" demanda-t-il, prenant aussitôt la cuillère et la fourchette et se mettant au travail.

"Oui, tu es pensionnaire, n'est-ce pas ? Où habites-tu ?"

"Chandigarh", répondit-il en trempant un morceau de pain dans le jaune d'œuf.

"Non, dit-elle, je n'ai guère le temps."

Presque pas le temps ? Quoi, elle étudiait la médecine ou le droit ? Pourquoi lui et ses amis faisaient-ils des descentes dans sa ville natale presque deux fois par mois, sans aucun prétexte ? Comment a-t-elle pu ne jamais visiter sa belle ville ?

"Du temps ou tu n'as pas envie ?" Il plissa les yeux. Que pouvait-il attendre d'autre d'elle ?

Elle sourit, le surprenant, puis prit un bol, "Alors, qui est là chez toi ?". demanda-t-elle en vidant le bol de cornflakes de son paquet, mettant ainsi un terme, subtil mais définitif, à l'idée qu'il s'en faisait.

Il haussa les épaules. Pensait-elle que cela l'intéressait de savoir ce qu'elle ressentait et ce qu'elle ne ressentait pas ? "Mes parents, mon oncle, ma tante et leur fils", dit-il nonchalamment en continuant à manger, "la sœur de mon père qui n'est toujours pas mariée".

"Des frères et sœurs ?" ajoute-t-elle en versant du lait dans le bol.

"Oui, un jeune frère qui n'est presque jamais à la maison", dit-il, dégoûté, vexé qu'on lui rappelle son méchant parent partageur.

"Un petit frère ? Cool... qu'est-ce qu'il fait ?"

Pourquoi les filles étaient-elles si excitées à l'idée d'avoir des bébés ? "Il est en onzième année." dit-il brièvement, espérant mettre un terme à la conversation.

Mais le message n'est pas passé. "C'est génial", s'exclame-t-elle en mettant dans sa bouche une cuillerée de cornflakes imbibés de lait, "Et il est comment ? Il est beau ?"

Purab grimace, tout en continuant à manger : "Il est bien." Comment a-t-il fait ? Son frère et lui ne supportaient même pas de se voir. Dieu lui pardonne d'avoir dit qu'il allait bien.

"Cela n'a pas vraiment d'importance, n'est-ce pas ? Il t'a toi..." dit-elle joyeusement.

Purab lève les yeux, surpris. "Pourquoi dis-tu cela ?"

"Avec toi", dit-elle en souriant largement, "il n'aura aucun mal à courtiser les filles. C'est toi qui lui apprendras toutes les ficelles du métier. C'est un chaperon chanceux...." Cela le surprit encore plus. Personne ne l'avait jamais suggéré auparavant.

"Alors, comment s'en sort-il ? Combien de petites amies a-t-il grâce à toi ?" demanda-t-elle d'un ton taquin, les yeux pétillants. Cela le fit sourire. "Aucune en fait", dit-il un peu gêné, "c'est un champion à part entière. Il est sorti avec plus de filles que je ne l'ai jamais fait au cours de ces trois années d'études".

"C'est vrai ?" Pamela rit, "Deux guerriers dans la même maison ....., c'est cool."

"En fait, je ne suis rien avant lui. Je n'avais pas un seul ami du sexe opposé à son âge", sourit-il, "mais j'étais fou de rage quand j'ai vu le nombre d'appels qu'il recevait le jour de son anniversaire..."

"C'est l'inverse alors ?" demande Pamela, "c'est vous qui avez appris de lui ?"

"Bien sûr que non", rétorque-t-il, "Nous avons eu des vies indépendantes. Mon frère est trop fier pour parler de ses problèmes à qui que ce soit. Je me souviens qu'une fois, il est devenu soudainement silencieux, renfermé et confiné dans sa chambre pendant des soirées entières. Personne n'osait lui demander quoi que ce soit et il n'ouvrait pas la bouche".

Un ami m'a appris qu'il s'était disputé avec son désormais ex-petit ami. Elle avait pris une tournure plutôt désagréable, le rat lui lançant les pires injures..." Il marqua une pause, "Je ne savais pas quoi faire...", commença-t-il lentement, "Que devais-je lui dire, que ne devais-je pas lui dire, j'étais complètement désorienté. Mais voilà, c'est mon frère...", sourit-il fièrement, "en quatre jours, il avait rebondi et était redevenu lui-même. Je ne pense pas que j'aurais pu faire ça. Pour n'importe qui d'autre, cela aurait pris des jours, voire des semaines..."

"Ou même des mois ....ou des années..." Elle ajoute doucement.

Il la regarde, "J'ai été un peu blessé", poursuit-il, "que mon propre frère ne veuille pas se confier à moi. Mais cela m'a montré à quel point il est fort...."

"Et si intéressant..." Pamela ajoute : "J'aimerais bien rencontrer votre frère".

"Bien sûr...", dit-il en riant, "Passez chez nous un jour, quand vous viendrez à Chandigarh".

"Euh...", son sourire se fane un peu, "Cela risque d'être difficile. Ton frère ne va-t-il pas venir ici ?"

"Pas question..." Tout le monde dans ma famille travaille dans l'industrie pharmaceutique, mais mon frère a déclaré qu'il n'avait rien à voir avec ce domaine.

"Oh...", dit-elle en faisant mine d'être triste, "Pas de chance".

"Mais une vraie chance pour moi, mec..." dit-il, "Parce que si mon frère venait ici..." il s'arrêta, fronçant les sourcils.

"Qu'est-ce qui s'est passé ?" demanda-t-elle, le trouvant perdu. Il ne répond pas. "Est-ce que... est-ce que la nourriture est bonne ?" dit-elle anxieusement.

"Non... Non, c'est délicieux", lui assura-t-il, avant de se retourner brusquement pour la regarder. Était-ce la raison pour laquelle elle lui parlait ? Pour qu'il ne pense pas à la nourriture qui, elle le craignait, n'avait pas été bien préparée ? Ou bien voulait-elle vraiment savoir ?

Mais il ne comprenait pas comment il avait pu lui dire tout cela, tout ce qu'il ressentait pour quelqu'un qu'il considérait comme son plus grand ennemi ?

"Qu'est-ce qu'il y a alors ? demanda-t-elle à nouveau.

Il la regarda fixement. Elle n'avait rien fait, rien du tout. Pourtant, elle l'avait amené à parler avec tendresse de son frère, à lui dire des choses qu'il n'avait jamais dites à personne, pas même... à lui-même. Mais c'était la vérité, n'est-ce pas ? Si quelqu'un avait pu contester l'autorité de Purab Chaddha à B.T., c'était bien son frère, Bhuvan.

"Comment se fait-il que tu ne puisses pas venir à Chandigarh ?" À bien y réfléchir, aucune de ses fréquentations ne lui avait jamais demandé cela auparavant. Personne n'avait jamais pris la peine de s'intéresser à lui, à sa famille, à ses sentiments. Et elle était certainement la dernière personne au monde à laquelle il s'attendait à ce qu'elle le fasse.

"OH." Elle sourit, à la fois soulagée et embarrassée, "Ne croyez pas que je le sois..."

"Pourquoi pas ?" Il l'interpelle.

Elle baissa les paupières une seconde puis releva la tête, "Il n'y a vraiment pas le temps... ni aucune raison..."

"Tu viendras" dit-il fermement, "Tu viendras un jour...même si..." il s'arrêta à nouveau. C'était une affirmation, pas une menace. Elle viendra un jour, même s'il doit la traîner avec lui.

Elle sourit, "Mais bien sûr, quelque chose pourrait survenir dans le futur, on ne sait jamais." elle se leva, "Je ferais mieux de me dépêcher maintenant. Désolée de vous avoir fait attendre."

"Oh, ce n'est pas grave", dit-il avec désinvolture. Il ne se doutait pas qu'une nourriture aussi délicieuse et une conversation aussi spirituelle et idiote l'attendaient, des choses qu'il n'avait pas eues depuis des semaines.

D'une main, elle tint son bol et s'approcha de lui pour récupérer ses assiettes. "Je vais me préparer maintenant. Ça ne prendra pas trop de temps..."

Il la regarda fixement, "C'est tout ce que tu as mangé ?". demanda-t-il en regardant son bol.

Elle se retourna avec curiosité : "Oui, mais qu'est-ce qui s'est passé ?".

"Tu ne prends pas d'œufs ?"

"Non", dit-elle en souriant, "Je n'avais pas envie de...".

"Oh là là", dit-il, consterné, "tu aurais dû me le dire avant. Je n'aurais pas demandé d'œufs. Il fallait que tu te donnes la peine de cuisiner..."

"Ce n'est pas du tout un problème", répondit-elle en posant son bol sur son assiette et en le ramassant, "j'aime bien cuisiner. Peut-être que ce n'est pas aussi bon, mais j'aime vraiment ça."

"Pourtant, tu n'aurais pas dû t'embêter..."

"Oh, allez", dit-elle en entrant dans la cuisine, "ça n'a pas vraiment retardé les arrangements, n'est-ce pas ?".

Il haussa un sourcil, "Tu voulais que ça arrive ?"

"Quoi ?" demanda-t-elle sans se retourner, "Pour retarder l'organisation de notre rendez-vous comme tu l'as dit" dit-il en souriant, "Tu n'es pas du tout excitée à l'idée de sortir avec moi ?".

"Moi ? Pour quoi faire ?" dit-elle en revenant, en ramassant la bouteille de lait et en entrant à nouveau dans la cuisine, "Ce n'est pas vraiment un rendez-vous, n'est-ce pas ?".

Purab sourit, mais ne dit rien et continue de l'observer tandis qu'elle s'affaire à prendre des objets sur la table à manger et à les placer à leur place. Elle avait beau essayer d'être totalement nonchalante, il lui était impossible de cacher qu'elle était affectée à l'idée de sortir avec un membre du sexe opposé. Comme le veut la tradition de la classe à laquelle elle appartient.

Les filles du groupe "behenji", en particulier, pensaient à tort que les hommes ne prêtaient pas attention à ce genre de choses. Mais en réalité, les hommes appréciaient beaucoup les efforts que les filles faisaient pour maintenir la différence entre eux et ceux qui réussissaient à améliorer ces aspects étaient évidemment ceux qui s'en tiraient avec des points de fidélité. Il n'avait pas été insensible aux courbes bien dessinées que formaient ses sourcils aujourd'hui, alors qu'ils discutaient face à face en mangeant. Il n'avait pas non plus remarqué à quel point ses mains semblaient plus blanches et plus propres lorsqu'elle travaillait à ses côtés. Il n'avait pas eu l'occasion de voir ses jambes auparavant, mais aujourd'hui, elles étaient lisses et nettes sous son short à mi-cuisse, et elle s'exprimait avec éloquence sur le travail qu'elle leur avait fait subir.

Ses cheveux avaient déjà attiré son attention, mais maintenant il voit que même son visage est lumineux, la peau douce et éclatante. Elle n'avait peut-être pas l'intention de l'admettre, mais il était prêt à parier qu'elle avait passé un peu plus de temps dans le salon que sa mère ou même sa tante, fanatique de maquillage... Son sourire s'élargit. C'est tout à fait typique. L'hypocrisie compulsive d'une personne qui s'acharne à nier totalement l'une des tendances les plus primitives et les plus inhérentes à la nature. Mais il ferait mieux de ne pas faire de commentaires, car il pouvait comprendre que, tout comme les autres, la jeune fille avait une fierté ardente qui lui était propre.

"Tu peux te laver les mains dans l'évier", dit-elle en commençant à ramasser les dessous de table. Il se leva, sans la quitter des yeux. Il n'y avait pas que ses cheveux qui l'avaient fasciné. Il n'avait pas eu une idée très claire de la façon dont la journée avec elle allait se dérouler, mais certaines des vagues suppositions qu'il avait faites semblaient s'être envolées. Le plus étrange, c'est qu'il ne s'était rien passé de contraire. Elle n'avait pas vraiment fait quelque chose d'inattendu. C'était toujours la même chose.

Pourtant, le fait qu'elle ait spécialement cuisiné pour lui, l'atmosphère familiale qui régnait, la table à manger bien rangée, cette simple conversation sur leur famille, le temps avait lentement passé dans une complaisance magique, la plaçant bien loin des filles pas si différentes qu'il avait fréquentées.

Il secoua la tête et se dirigea vers l'évier. Était-elle vraiment ce qu'il pensait d'elle ?

Évaluer la cible

"Pamela parlait d'un ton pressé alors qu'elles retournaient dans le salon.

Aha ! la promesse habituelle. Purab sourit et choisit à nouveau de se taire. Aucune fille dans l'histoire n'avait le pouvoir de faire cela. Il fit un rapide tour d'horizon de ses rendez-vous passés pour en avoir la confirmation et échoua lamentablement à trouver une seule femme qui ne lui avait pas dit cette phrase. Que vous arriviez à l'heure proposée, un peu en avance (le pire) ou plus tard, l'une des vérités évangéliques des rencontres est que vous êtes toujours condamné à attendre. Et que Dieu vous vienne en aide si vous vous rendez compte des désagréments que cela vous cause. Parce que vous ne pouvez pas être le moins du monde troublé par le privilège qu'avaient les filles de se préparer, ce n'était rien de moins qu'un péché grave.

Il s'installa sur le canapé tandis que Pamela se précipitait dans le couloir. Il leva les yeux vers l'horloge sur le mur latéral. Elle ne serait pas de retour avant l'heure du déjeuner, grimaça-t-il. Bien, la moitié de la journée passée ici, il ne resterait que quelques heures dans la soirée pour "sortir" au sens propre du terme avec elle.

Il prit un magazine posé sur la table et commença à le feuilleter, ses yeux s'arrêtant sur les photos d'un couple de mannequins maigres vêtus de bikinis ficelés. Il fixa les pages pendant un certain temps, puis, avec un soupir, les détourna de sa vue. Elles ne faisaient qu'intensifier sa conscience du calvaire dans lequel il s'était délibérément mis. Certes, il n'avait pas de rendez-vous pour la journée, mais il n'aurait pas fallu moins de quelques secondes pour en trouver un et se diriger vers la discothèque plutôt que d'être coincé ici, à attendre ce "carnet humain" pour un rendez-vous bidon. Pourquoi diable a-t-il accepté ce pari ? pensa-t-il sombrement.

Allez, Purab, arrête de faire ta chochotte. De quoi avait-il à se plaindre ? Il était un homme en mission et qu'allait-il faire s'il commençait à céder maintenant même, qui plus est pour une femme qui n'en valait même pas la peine ? Elle avait peut-être décroché cette opportunité de rendez-vous avec lui entièrement par défaut, mais c'était à lui de décider comment les choses allaient se dérouler. D'ailleurs, s'il l'avait oublié, ce pari ne consistait pas seulement à sortir avec cette fille, n'importe qui aurait pu le faire. Non, cette fille allait sortir avec lui. C'était là toute la différence, et elle était de taille. Il allait s'assurer que Pamela penserait encore à ce jour de sa vie, même après quatre-vingts ans.

Son moral s'étant quelque peu amélioré, il commença à feuilleter les pages avec un intérêt renouvelé, s'arrêtant à nouveau pour regarder des photos de filles portant les tenues les plus moulantes. Après tout, pensa-t-il, elle s'était donné tant de mal pour lui, il pouvait bien en prendre en retour. Ces filles étaient le lot habituel, qui sait s'il ne deviendrait pas plus attentif à elles après l'expérience d'aujourd'hui.

Il reposa le magazine et en feuilleta un autre. Il tapa des pieds pendant un certain temps, puis sortit son téléphone portable. Il a ignoré les WhatsApp "Wru" des filles, a menti à certains de ses amis en disant qu'il jouait au billard avec un cousin éloigné qui était passé, puis a décidé d'interpeller son principal bourreau, l'auteur des faits.

"Hey A", a-t-il tapé, "Je suis chez elle, j'attends qu'elle se prépare", a-t-il roulé des yeux. Aastha mettait moins de deux minutes à enfiler un jean délavé, des baskets et la même chemise qui ressemblait à un sac, chaque fois qu'elle sortait avec Suraj. Dieu merci, cette femme prenait du temps.

"Il y a un petit vase avec un dessin de sirènes sur un petit tabouret à côté du canapé. Il en prit une photo et la lui transmit. J'espère que cela a calmé sa soif insatiable de preuves sans intérêt, pensa-t-il en grimaçant à nouveau. Il joua une partie de Temple Run, puis sept avant de l'éteindre.

Il se retourna et fixa son regard sur les photos de Pamela et de sa famille, observant le contraste saisissant entre elle et celle qu'il décida d'être sa sœur, une version plus glamour de Pamela. Le mari de cette dernière, qu'il supposa être l'homme qui se tenait à ses côtés sur une autre photo, était lui aussi un beau morceau, élégant et suave, avec une belle taille et des traits ciselés. Il se demanda s'il pouvait penser à un homme se tenant aux côtés de Pamela sur une photo similaire, mais abandonna après quelques tentatives. Les hommes de son collège étaient tous des idiots. Aucun ne la méritait.

Il se retourna vers le mur qui lui faisait face et regarda avec admiration le nouveau et énorme téléviseur plat à écran plasma qui y était accroché. Il prit la télécommande posée sur la table basse et l'alluma. Après avoir parcouru quelques chaînes, il se fixa sur celle qui présentait le jeu indispensable à l'ADN de tout homme indien. Au bout de quelques minutes, il se rendit compte qu'il avait vu ce match il y a une semaine, et qu'il ne s'agissait que des moments forts. Mais il a continué à regarder, se souvenant avec une grande délectation des beautés que Kohli avait frappées sur le terrain. L'Inde avait écrasé l'Australie et comment. Il s'est exclamé de joie à la vue d'un autre sixer de Sharma, puis a gémi dans la scène suivante lorsqu'il s'est fait sortir. Dieu merci, il ne s'agissait que de moments forts, sinon il n'aurait même pas eu besoin de superglue pour rester collé au canapé. Il sourit à nouveau lorsque Kohli se prépare pour la balle suivante.

Il était complètement absorbé par la procédure lorsqu'elle revint et se plaça à côté de lui. "Je suis prête", annonça-t-elle d'une voix douce mais claire. Il tourna vers elle un visage irrité, puis ses yeux s'écarquillèrent.

Appuyant fortement sur le bouton d'allumage de la télécommande qu'il tenait encore à la main, Purab se leva brusquement en la regardant, toujours aussi perplexe. "Je ne suis pas en retard....e suis-je ?"

demande-t-elle nerveusement. Il ne répondit pas, se contentant de la fixer.

Elle était vêtue d'une paire de jeans moulants bleu foncé et d'une élégante chemise rouge orangée. Ses talons à fines lanières argentées lui permettaient de regarder directement son visage orné de légères touches de fard à joues rouge qui complimentaient son teint clair ainsi que sa chemise. Ses lèvres étaient d'un rose bonbon dont l'intensité restait subtile au regard du reste de son maquillage. Elle avait choisi de porter des bijoux bon marché, un collier et un bracelet de perles ainsi que de minuscules boucles d'oreilles en fil de fer, ce qui créait de petits bouleversements dans son décor sans fioritures. Purab ne peut même pas cligner des yeux. Il n'avait jamais réalisé, jamais vu que la simplicité pouvait être aussi époustouflante.

"Qu'est-ce qui se passe ? demanda-t-elle anxieusement, ayant mal interprété le fait qu'il la regarde si ouvertement. Il fallut attendre quelques minutes avant qu'il ne retrouve sa voix. Ses cheveux, qu'elle avait laissés ouverts, cette fois-ci soigneusement peignés et arrangés, mais non dépourvus de leurs ondulations encore renforcées par les effets du sèche-cheveux, s'enroulaient autour de son visage, ajoutant à son aura magique.

"Votre.... Specs.... vous ...n'êtes pas .... les porter ?" balbutia-t-il.

"Oh !", elle expire de soulagement et sourit, "Non, je porte des lentilles".

"Mais...Mais...tu es tellement plus beau sans elles..."

Il ne mentait pas. Ses yeux étaient immenses et mystérieusement noirs comme ses cheveux, d'épais cils les entouraient, un point blanc brillait dans chacun d'eux, le regardant avec surprise, l'expression si peu altérée par leur habituelle barrière de verre. Aujourd'hui, sa beauté est pleinement exposée. Purab se rend compte de son ignorance totale jusqu'à présent et de celle de tous les garçons de l'université qui l'avaient évitée et s'étaient moqués d'elle. Mais il devait admettre que tout cela était dû au fait que ses grosses lunettes à monture en corne étaient l'aspect le plus proéminent de son visage et attiraient toute l'attention vers elles, effaçant toute connaissance de ce qu'il y avait au-delà.

Elle rougissait, il pouvait le jurer ; elle avait beau faire semblant, son esprit féminin n'était pas immunisé contre les attentions du sexe opposé, tout comme les membres "normaux" de sa tribu. Mais au lieu d'être heureux d'être le premier à l'avoir félicitée, le fait le choqua et l'irrita.

Il la fixait toujours. Ce n'était pas la question. "Pourquoi les portes-tu ? demanda-t-il. Elle le regarda comme s'il avait perdu la tête. "Je ne peux pas voir sans elles..."

"Tu ne vois pas maintenant ?", s'emporta-t-il. Elle tressaillit un peu devant la dureté de ses mots, mais répondit calmement : "Eh bien... oui...".

"Alors pourquoi diable portes-tu ces lunettes tous les jours ?"

Elle sourit faiblement : "Je me lève tard le matin. Je n'ai pas beaucoup de temps pour mettre ces lentilles..."

Peu de temps ! Est-ce qu'ils n'avaient pas de temps libre entre les cours aussi ? C'est impossible, il avait fréquenté pas mal de filles en psychologie pour le savoir. Et grâce à elles, il savait aussi que cette fille était toujours à l'heure à ses cours, n'arrivant jamais moins de dix minutes avant le début de ceux-ci. Quelle était sa définition du retard ?

"Pas le temps... ou tu n'as pas envie ?"

"Viens, on y va..." dit-elle en évitant de poursuivre la discussion.

"Pourquoi te caches-tu des autres ? Il parle comme s'il ne l'avait pas entendue.

"Me cacher ?" Elle est confuse, "C'est moi", dit-elle sans ambages.

"Oh bien sûr", dit-il d'un ton sarcastique, "Est-ce que c'est ce que tu es quand tu viens à l'université ? Je ne crois pas."

"Et alors ?" dit-elle sur la défensive, "Quel est le problème ?

le problème ?"

"Un problème ? Et tu reproches aux autres de t'ignorer, de ne pas te parler ?" Il s'est mis en colère.

"Parce que je porte des lunettes ?" dit-elle avec incrédulité.

"Dis-moi une chose", s'est-il approché d'elle, "aurais-tu accepté de sortir avec moi si c'était moi qui portais des lunettes comme les tiennes ?" Il la met au défi.

Elle n'a même pas bronché. "Pourquoi, qu'est-ce qu'il y a de mal à porter des lunettes ? C'est un crime ?" Il serra les dents. Ces génies étaient vraiment des idiots, "Et qu'en est-il du fait de garder la vérité cachée, de sorte que les gens doivent creuser profondément pour l'atteindre. Qui a la patience, dites-moi ?"

Elle le regarda, complètement confuse. "Je ne sais pas ce que vous avez, les filles", se plaignit-il. "Tu sais que pas un seul garçon de l'université ne me croirait si je lui disais à quel point tu es jolie en ce moment ?"

Ses joues virèrent au rouge et elle le regarda d'un air gêné. "Tu as choisi ce jour pour flirter avec moi ou quoi ?"

Il n'avait pas l'intention de dire quoi que ce soit de ce genre. Certes, il savait que les filles aimaient être complimentées, mais ce n'était certainement pas les éloges qu'il avait voulu lui faire. Les mots sortaient de sa bouche avant même qu'il ait pu y réfléchir à deux fois. Comment avait-elle pu provoquer cela ? Purab se demandait quel serait l'état des autres garçons s'il se retrouvait lui-même dans un tel état de choc.

"N'essaie pas de changer de sujet", a-t-il répliqué, "Dis-moi la réponse, serais-tu quand même sortie avec moi ?".

Elle le regarda pendant une seconde et dit lentement : "Pourquoi pas ? Est-ce que c'est l'apparence extérieure qui décide de qui tu es vraiment ?"

"Et cela veut-il dire que l'apparence extérieure est quelque chose à négliger ?" Il secoua la tête, "Cela aussi alors qu'il y a des choses qui peuvent être faites, surtout maintenant, à notre époque."

Elle détourna le regard : "Pas pour moi, tout est artificiel..." dit-elle obstinément. La fureur de Purab ne connaissait pas de limites, il avait bien l'intention de la secouer jusqu'à ce qu'un peu du bon sens de son cerveau engorgé s'en échappe. Ses croyances étaient encore si primitives.

"Non, ce n'est pas ça. Ce sont tes pensées. Je n'ai même pas besoin d'être étudiante en psychologie pour savoir que c'est ton œil qui te guide avant que tes autres sens n'entrent en jeu. Pour gagner un peu d'admiration, il faut un peu d'effort, c'est aussi simple que cela. Vous avez tout ce qu'il faut pour faire tourner les têtes et pourtant vous ne faites rien. Au lieu de cela, vous insultez encore plus votre beauté en attachant fermement vos cheveux et en mettant ces énormes lunettes stupides et démodées. N'est-ce pas là un véritable crime ?".

Elle écoutait, les lèvres pincées. Puis elle sourit légèrement et dit doucement : "D'accord, je l'admets, j'ai peut-être été un peu injuste, n'est-ce pas ?

Il n'avait pas encore fini : "Pas seulement envers toi-même. Soit tu te laisses connaître des autres comme tu es, soit tu arrêtes de leur reprocher de t'ignorer...", fulmina-t-il.

Elle semblait blessée. Mais elle expira lentement et dit : "J'ai compris. Pouvons-nous commencer maintenant ?" Purab commence à se sentir mal à l'aise. Il n'avait pas vraiment l'intention de lui crier dessus, "Écoute, dit-il lentement, je suis désolé. Je ne voulais pas...."

"Ce n'est pas grave", dit-elle en souriant. "Viens, on y va", dit-elle en se tournant vers la porte. Son silence ne fait qu'accentuer son embarras. Qu'est-ce qui lui prend ? Il n'avait jamais crié sur aucun de ses rendez-vous, même si certaines d'entre elles n'avaient pas hésité à l'irriter au plus haut point. Toutes les filles qui sortaient avec lui prenaient la peine de glorifier leur apparence un peu plus que d'habitude. Elle n'était pas différente. Alors pourquoi sa patience s'épuisait-elle à sa vue ? Est-ce ainsi qu'il faut se comporter avec une fille, Purab Chaddha ? se réprimanda-t-il. D'accord, elle était coupable d'être restée délibérément dans l'ombre pendant tout ce temps, mais pourquoi lui importait-il soudain ce que les autres pensaient d'elle ? Il aurait plutôt dû se réjouir qu'elle ait inconsciemment signifié que leur sortie était un rendez-vous. Elle était belle pour la première fois de sa vie et elle l'avait fait pour lui. Il aurait dû se sentir si fier et pourtant il l'avait traitée de façon si cavalière.

Ce n'était pas vraiment le cas, décida-t-il, il se sentait en effet heureux. C'est juste que......

Elle se tourna vers lui avant d'ouvrir la porte, "Je voudrais clarifier une chose avant que nous nous mettions en route", dit-elle gravement, "Ce n'est pas un rendez-vous.... "Et vous n'avez pas le droit de faire des commentaires sur mon apparence, pensa Purab d'un air morose. Bien sûr, que pouvait-il attendre d'autre d'elle ? N'était-ce pas cette tribu de filles extrêmement sensibles à leur apparence, même lorsqu'elles n'en ont pas ? Mais il se sentait encore plus malheureux face à sa propre conduite. Il n'avait jamais poussé un de ses rendez-vous à lui crier dessus.

"....... Il s'agit d'une sortie entre deux amis et en tant qu'amis, nous sommes censés être égaux, ni plus ni moins.... "Il cligna des yeux. Est-ce que c'est ce qu'elle était en train de dire ?

"Il n'y a absolument pas besoin de cette soi-disant courtoisie d'un homme envers une femme. Où que nous allions, quoi que nous fassions..." sa main se porta sur la lanière du sac à main en cuir brun qui pendait à son épaule, "je paie pour moi....". Non, s'il vous plaît .....Pas de protestations", elle lui tend la main alors qu'il ouvre la bouche, "Vous ne me ferez pas revenir sur ma décision". Elle conclut fermement et se retourne pour ouvrir la porte.

Il n'avait pas vraiment ouvert la bouche pour protester. L'émotion qui l'avait envahi était une sorte de soulagement mêlé de surprise. Il regardait maintenant sa mince silhouette franchir le seuil de sa maison pour se retrouver sous le porche. Il n'allait pas protester de toute façon, il était à court d'argent et si elle était prête à dépenser pour elle-même, elle était la bienvenue. C'est la façon dont elle l'avait exprimé qui l'amusait et l'étonnait à la fois. C'était une femme très franche. Et pourtant, il n'arrivait pas à comprendre ce qui se passait dans son esprit.

Préparer l'appât

"J'espère que je ne suis pas arrivée trop tard..." remarque-t-elle alors qu'ils se dirigent vers la moto garée de Purab. "Pas du tout..." répond Purab avec désinvolture, mais il est heureux de dire la vérité. Il avait été très impressionné par elle, avec l'apparence échevelée qu'il lui avait vue et le contraste flagrant entre la beauté qu'elle représentait maintenant, le temps qu'elle avait pris n'avait été qu'une fraction de la quantité qu'il avait estimée sur la base de ses expériences passées. Il n'était pas difficile d'imaginer qu'elle avait choisi de ne pas mettre toutes les fioritures et les éventails auxquels toutes les autres filles avaient recours. Mais cela montrait qu'elle se souciait de son temps et de sa patience. Ils étaient bien en avance maintenant ; il ne leur faudrait pas plus de quelques minutes pour atteindre le centre commercial qui n'était pas très loin et acheter les tickets de cinéma pour la séance de l'après-midi.

La circulation n'était pas à son maximum à ce moment-là, ce qui réduisait encore la durée de leur court trajet jusqu'à l'imposant château de verre de six étages, né sous les auspices du boom du métro qui avait pris Ludhiana à bras-le-corps. La ville natale de Purab était parsemée de centres commerciaux de ce type et, en tant que telle, elle ne l'attirait pas plus que cela. Mais c'était le plus grand et le meilleur centre commercial de la ville et il avait pris d'assaut ses habitants. C'était l'endroit idéal pour flâner sans être vu par les personnes influentes de l'université avec son étrange choix de rendez-vous et sans être vu par les hordes de clients qui se pressaient dans les magasins pour remplir la condition de preuve que ce stupide imbécile avait mise sur le pari.

Il se gara à une certaine distance du centre commercial, à côté d'un bureau, et tous deux marchèrent jusqu'au bâtiment et commencèrent à gravir les marches de marbre qui menaient à l'intérieur. "Purab l'a mise en garde en lui rappelant ses précédents rendez-vous ici, mais elle a simplement secoué la tête. "Naah... Je ne suis pas d'humeur à acheter, je vais juste regarder..."

Et c'est ce qu'elle fit. Tous deux se sont promenés, ont flâné dans les boutiques, discuté et plaisanté sur les produits exposés. Elle n'achetait rien et ne montrait pas le moindre signe de tentation pour certains articles que Purab pensait qu'aucune fille ne laisserait tomber. Si quelque chose lui plaisait, elle le touchait ou, tout au plus, le prenait, l'examinait minutieusement et le laissait. Elle fredonnait de temps en temps des airs qui passaient dans le magasin ou s'arrêtait un moment pour regarder quelque chose qui l'attirait, ce qui, après un certain temps, permit à Purab de se rendre compte qu'il s'agissait surtout de débardeurs à froufrous ou d'ours en peluche. Une fille typique d'aujourd'hui, décida-t-il, ce qui signifiait qu'il ne faudrait pas longtemps pour l'atteindre.

Si le cœur d'un homme passe par son estomac, le cœur d'une femme passe certainement par l'oreille. Rien n'enchantait plus une fille qu'une poubelle fiable sur laquelle elle pouvait déverser ses bavardages incessants, qui allaient des plus bizarres aux plus carrément stupides. C'était l'un des principes fondamentaux pour plaire à une femme, quelque chose que Purab avait su dès le départ, et dans lequel tous ses camarades de collège avaient échoué lamentablement et lui avaient ensuite injustement serré le poing. Que pouvait-il bien faire, si ces types s'attendaient à traiter leurs rendez-vous comme des clochards ? Comment la différence pourrait-elle subsister ?

Pourquoi était-il si difficile de comprendre qu'il était important pour une fille que sa meilleure amie réussisse à se procurer ce rouge à lèvres "mignon", ou cette robe qu'elle aimait mais que son Pomerien n'aimait pas, les quelques centimètres que sa "petite taille" avait pris, pourquoi Varun Dhawan n'aurait pas dû se marier, les calomnies de sa mère sur son indépendance croissante, combien elle devrait dévoiler d'elle dans sa prochaine robe de soirée, si ses jambes seraient épilées comme il se doit pour l'occasion, à quel point Rakhi Sawant était dégoûtante dans une robe similaire, à quel point sa sœur était acariâtre, à quel point son ex-petit ami lui avait imposé des restrictions, à quel point le nouveau "Kasauti Zindagi Ki" n'était pas vraiment à la hauteur de l'ancien, au garçon mignon de l'université pour lequel sa meilleure amie avait le béguin, au magasin offrant la dernière réduction de 50 %, à la dernière sortie de film, à la dernière figurine de l'escadron de suicide que son jeune frère devait éviter de lui révéler, à ses toutes nouvelles chaussures à talon crayon et ainsi de suite ? Et si cela n'avait toujours pas de sens, était-ce mieux de laisser ce fait se refléter si clairement sur votre visage ?

Ne pas prêter attention à son cavalier était l'erreur fatale la plus impardonnable que l'on puisse commettre et Purab avait été consterné de voir à quel point les hommes ici présents le faisaient souvent. Si seulement ils l'écoutaient. Les cours magistraux les ennuyaient, mais si tous les trucs du métier pouvaient se résumer en un mot, c'était "écouter". Ou au moins faire semblant.

Aucune de ses théories n'a été démentie à ce stade. Pamela continuait à parler sans espoir de s'arrêter, démentant toutes les suppositions sur sa nature silencieuse. Son bavardage s'inscrivait également dans la variété habituelle de connaissances inutiles et absurdes que possèdent toutes les filles. Mais tandis qu'ils gravissaient les étages du bâtiment et entraient et sortaient des magasins, Purab se trouvait encore en état de garder toute son attention sur les sujets étrangement familiers, mais jamais abordés, qu'elle abordait. Il n'y avait rien de vraiment intelligent dans les choses qu'elle lui racontait ni dans la manière dont elle le faisait, mais Purab se voyait vaguement intéressé par son bavardage, ce qui le surprenait encore plus.

La réponse fut claire en quelques minutes. La jeune fille, tout en parlant, veillait à ce qu'il reste impliqué dans la conversation. Chaque fois qu'elle voyait un objet qui l'intéressait, elle lui demandait s'il le connaissait et ajoutait quelques informations sur son histoire, ses différentes utilisations, les ragots qui l'entouraient, puis elle passait à une autre ligne de pensée née d'une de ses phrases après avoir écouté attentivement quelques-uns des rares points non décrits qu'il pouvait soulever. En outre, elle faisait des pauses pour lui demander ce qu'il aimait et ce qu'il n'aimait pas.

Lorsqu'ils sont arrivés au troisième étage, elle connaissait son film préféré, sa couleur, son anniversaire et son lieu touristique préféré. Et lorsqu'ils se sont retrouvés dans la cage d'escalier, elle lui a demandé son professeur préféré, son parent préféré et même ses vêtements préférés. Après chacune de ses réponses, elle parlait de l'attribut particulier ou de ces attributs en général. Le fait même qu'il s'agissait de choses qu'il aimait lui permettait de rester collé à la conversation sans effort et de contribuer un peu plus qu'il ne le faisait d'habitude.

Cela faisait du bien d'être au centre de la discussion pour une fois. Il n'avait pas besoin d'être invité pour s'y plonger. Il avait déjà eu des discussions avec ses petites amies, mais pour la première fois de sa vie, Purab se sentait capable d'en mener une sans le moindre faux-semblant. Il est vrai qu'aucun de ses rendez-vous n'avait jamais pris la peine d'aller aussi loin pour l'examiner. Mais il ne fait aucun doute que la jeune fille avait une bonne conversation et si elle avait vraiment cru à son prétexte d'une sortie "amicale" et de la possibilité d'apprendre à se connaître, elle avait certainement fait un bon pas en avant.

Vous aimez la cuisine thaïlandaise ?" demanda-t-elle alors que tous deux passaient devant "Nirvana", un restaurant multicuisine qui avait ouvert l'un de ses points de vente dans le centre commercial. Purab sourit en se rappelant la dernière fois qu'il y était allé avec Sejal avant de répondre : "Ce n'est pas vraiment quelque chose dont je mourrais d'envie, je l'admets, je passerai juste devant."

"J'ai entendu dire qu'ils servaient de la nourriture thaïlandaise à la Fashion Fiesta du Djinn", remarqua-t-elle. "Oh oui..." il sourit, "c'était divin". La fête de la mode est l'un des événements les plus attendus par les garçons, lorsque les étudiants en stylisme de BT préparent leur fête annuelle pour tous. Elle s'est terminée par une grande fête avec remise de prix, musique entraînante, nourriture délicieuse et mannequins encore plus délicieux défilant sur la rampe d'accès spécialement construite à cet effet. L'événement a eu l'avantage supplémentaire de vous permettre de retrouver vos amis, et le "who's who" de BT était sûr d'être présent. Il a également donné un coup de pouce à la carrière de certains mannequins en herbe, car de nombreux créateurs de mode et parfois même des producteurs de télévision ont assisté au défilé.

"Les créations étaient très fraîches, n'est-ce pas ? demanda-t-il, les moments se succédant dans son esprit en un éclair.

"Sans doute", dit-elle simplement.

"Tu n'y es pas allé ?" demanda-t-il. Il avait pensé qu'elle n'avait manqué que la nourriture, servie à l'approche de minuit, heure à laquelle la plupart des filles partent.

Elle secoua la tête. Il ne dit rien. Après tout, quel était l'intérêt pour elle d'y aller ? Mais la façon dont elle regardait maintenant......

"La nourriture thaïlandaise est bonne", commença-t-il, "mais je préfère la nourriture chinoise".

"Moi aussi...", sourit-elle.

"Vous avez dû aimer les plats du bal des moussons au Rodeo puis.... Je les ai adorés."

"Je.....uh... n'y suis pas allée..." dit-elle penaude.

"Hein ? Pourquoi ?"

"Eh bien... je ne pouvais pas..."

Il s'en souvient alors. L'événement avait une règle stricte de 'couples seulement'.

"Dommage. C'était une belle fête..."

"J'ai entendu dire", dit-elle en souriant, "qu'il y avait DJ Sancho, n'est-ce pas ?".

"Oui. Il va bien... Il vient de commencer. Il ne peut pas vraiment battre les airs que DJ Saurav a joués lors du 'Mystic Baisakhi blast' l'année dernière."

"Il y en a eu une ?" demande-t-elle.

Qu'est-ce que c'était que cette fille ? Morte ? Comment pouvait-elle ne pas être au courant ? Il n'y avait pas besoin d'un duo, ni même d'un groupe d'ailleurs. N'importe qui pouvait entrer et s'amuser comme un fou. Il tourna un visage irrité vers elle et la regarda calmement en train de contempler la foule de clients depuis la balustrade, "Alors, combien de temps pour le film ?". demanda-t-elle brusquement.

"Hein ?" Il se rendit compte qu'il avait oublié. Il regarda sa montre. 12.20. Il avait prévu le spectacle de 13 h 30. "Il reste encore beaucoup de temps. Il dit distraitement, en reportant son regard sur le spectacle qui s'offrait à eux.

"Tu veux aller manger un morceau quelque part ? demanda-t-elle.

Il secoue la tête. "Je n'ai pas faim." Il avait encore deux repas copieux à digérer depuis le matin.

"Tu ne veux pas déjeuner ?" Elle prit la parole.

"Non", répondit-il encore, "Nous mangerons après le film".

"Bien sûr ? Tu n'auras pas faim ?"

Il se tourne alors vers elle. Elle a détourné le regard, les joues grésillantes. Purab se souvint de son petit déjeuner minuscule et de toute l'énergie qu'elle avait dépensée pour lui préparer un repas, puis pour se préparer à la hâte pour leur rendez-vous imaginaire. Elle doit être affamée à l'heure qu'il est. "Tu veux manger ?" demanda-t-il doucement.

"Euh... Non..." dit-elle en rougissant, "J'ai juste pensé à te le demander".

"Viens, on va là-bas", dit-il en désignant un restaurant derrière eux, "tu pourras prendre quelque chose".

"Non... je n'ai pas faim", dit-elle rapidement. Il la regarde avec étonnement : "Tu peux manger quelque chose. Je n'y vois pas d'inconvénient..."

"Non... Non... Je ne veux pas manger", répond-elle précipitamment et commence à s'éloigner d'un air contrarié.

Purab la regarde fixement, complètement étonné. Elle avait repoussé le déjeuner parce qu'il n'allait pas manger avec elle ? Il pensa au nombre incalculable de fois où il avait été contraint de réduire sa part pour des raisons financières afin de permettre aux filles de commander des steaks et des hors-d'œuvre coûteux et où, d'un autre côté, il n'avait pas eu d'autre choix que de grignoter de la nourriture biologique totalement bâclée pour s'entendre avec les adeptes des régimes amaigrissants. Qui s'en est jamais soucié à ce point ? Cela le rendait vaguement triste de penser au serment qu'il avait fait pour impressionner cette fille. Peut-être que tout cela allait trop loin.

Il la rejoignit en quelques enjambées. "Hey Pam", dit-il en lui tapotant l'épaule. Elle se tourna vers lui en s'excusant, comme si elle avait commis un crime odieux, ce qui donna à Purab l'envie de rire à haute voix et de se cogner la tête contre le mur en même temps. "Viens, allons manger quelque part. Il dit en se retenant de parler.

"Non..." dit-elle avec un entêtement enfantin, "Ça me va".

Il sourit. Comment peut-elle faire un problème d'une si petite chose ? "C'est bon, Pam. Allons-y."

"Non...Non," sa voix était hésitante, "C'est bon."

"Sérieusement Pam...", à quel point cela devenait ridicule ?

"S'il te plaît...non", dit-elle brusquement en se détournant, "viens, on y va".

Allez, c'est une bonne fille, avait-il envie de lui dire. Comment les choses en sont-elles arrivées là ? s'étonna-t-il, trouvant son geste à la fois audacieusement stupide et incohéremment doux. Qu'est-ce qu'elle croyait pouvoir faire pour qu'il se plie à ses désirs ? pensa-t-il avec ironie. Mais c'était l'inverse, n'est-ce pas ? C'était elle qui cédait à son désintérêt total pour un repas.

Avec un soupir, il s'approcha d'elle. Si elle devait respecter ses sentiments à ce point, le moins qu'il puisse faire était de respecter les siens aussi. "J'ai envie d'un petit en-cas". Sa main tenait fermement la sienne tandis qu'il la dirigeait vers un petit étal chaat dans un coin.

Et le piège est tendu

"Comment ça va ?" demanda-t-elle.

Il mit une cuillerée de Paapdi craquelé dans sa bouche. "Pas mal", répondit-il en grignotant.

Tous deux étaient assis sur un banc de pierre et se régalaient de paapdi chaat et de bhel puri en regardant les différentes personnes qui passaient. "Oui", acquiesça-t-elle, "il manque le piquant du chaat des vendeurs de rue".

"Hmmm...", dit-il avant de commencer, "D'après mon expérience, strictement en ce qui concerne les chaats et la racaille, plus le fabricant bafoue les règles d'hygiène, plus les plats marquent des points en termes de désirs de la langue". Il l'a dit si littéralement qu'elle s'est mise à rire avant qu'il ne finisse.

"Non, sérieusement, je le pense. Lors de la fête de Holi sur les pelouses de l'université, il y a un type qui vend des rabri, des chaats et des sucreries à quelques rues de l'université. Vous ne l'avez peut-être pas vu, mais si vous aviez vu la taille des mouches qui visitent constamment sa petite échoppe, vous ne jureriez jamais vraiment par les snacks qu'il a distribués ce jour-là", sourit-il, "Nous en avons certainement eu pour notre argent". Il lui sourit.

"C'est bien de le savoir...", remarque-t-elle. Le sourire de Purab s'estompa et une fois de plus, une immense irritation s'empara de ses entrailles. Elle n'avait même pas assisté à cela ? Qu'est-ce qui ne va pas chez elle ?

"Qu'est-ce qu'il y a ? Elle avait remarqué quelque chose d'anormal.

Il détourna le regard. "Tu n'as jamais assisté à aucun des événements de l'université..." dit-il brièvement. "Oh..." la compréhension était là dans sa voix, "Pas vraiment..." admit-elle.

"Et quelle est l'excuse ?" Il se retourne vers elle.

"Quel est le problème ?" elle essaya de le balayer, "Ils ne me manquent pas particulièrement."

Ils me manquent ! Avait-elle perdu la tête ? Si elle ne voulait pas profiter de sa vie d'étudiante maintenant, quand allait-elle le faire ? A 80 ans ?

"C'est pour ça que tu ne viens pas ?" rétorqua-t-il.

Elle fit un demi-sourire dédaigneux, "En partie oui".

"Et l'autre moitié ?"

Elle le regarda et dit d'un air penaud : "Je n'ai pas la compagnie pour y aller".

Sa fureur ne connaissait plus de limites. Qu'essayait-elle de dire, qu'elle n'avait pas de compagnie ? Il connaissait pas mal de filles de sa classe et était convaincu qu'elles étaient toutes des personnes amicales et accommodantes, pas comme les tartines snobinardes de certains autres cours qui plaçaient déjà chaque personne devant elles au niveau de leurs talons avant de leur adresser la parole.

"A qui la faute ? dit-il d'un ton sec.

"Je sais ce que vous voulez dire..." commença-t-elle. Il n'avait pas fini, "Tu as tout avec toi, tout le monde autour de toi, et pourtant tu n'en tiens pas compte. Qui t'a dit que tu n'avais pas d'amis ?"

"Si vous voulez bien m'excuser, dit-elle doucement, ce n'est pas pour cela que vous êtes venu me voir ? Vous pensiez que j'avais besoin d'amis."

"C'est le cas..." Il a dit : "Mais... mais..."

C'est ce qu'il avait dit, n'est-ce pas ? Il avait besoin d'une excuse pour l'atteindre. Et il avait saisi celle qui la regardait en face.

Cela l'a irrité encore plus, "Qu'est-ce que les gens sont censés faire quand on ne leur donne pas une chance ?"

Elle a souri, "Parce que je porte des lunettes ?"

Ce n'était pas la bonne chose à dire. "N'essaie pas de changer de sujet", rétorque-t-il, "Tu comprends parfaitement de quoi je parle".

"Ça a l'air idiot", dit-elle, l'air un peu effrayé, "mais je ne...".

Pourquoi les gens devraient-ils te parler alors que tu ne leur parles pas ? Personne ne vient ici pour les autres. Ce que tu veux, tu dois le trouver par toi-même."

"Et tu crois que je n'ai pas essayé ?" lui demanda-t-elle.

Bien sûr, quoi d'autre ? Si elle l'avait fait, serait-il sorti avec elle à cause d'un pari ?

"Si c'est le cas, c'est que tu n'as pas fait assez d'efforts. Ça ne sert à rien."

"Pour moi, oui. Personne ne vaut la peine d'essayer trop fort", elle ne le regardait pas en parlant, comme si cela la gênait d'en parler, "On finit toujours par se ridiculiser".

"Et qu'en est-il des gens qui se sont ridiculisés pour toi ? Tu as refusé la proposition bien intentionnée de Dogra parce que tu pensais qu'il avait pitié de toi. De la pitié ? Il t'a pris en pitié quand il t'a choisi parmi une vingtaine de filles à qui il a demandé de l'aide ? C'est l'un des hommes les plus honnêtes de l'université, il respecte les femmes, les traite comme des reines. Si tu étais au moins venue avec lui, qui sait si tu ne te serais pas fait des milliers d'amis au bal de fin d'année. Mais vous ne l'avez pas fait, à cause de vos fausses croyances et idées. Et vous pensez que cela ne vaut même pas la peine d'essayer. As-tu imaginé ce qu'il a ressenti lorsque tu lui as dit cela ?"

Elle s'est retournée vers lui : "Ce n'était pas lui, Purab. Ce n'est pas du tout lui qui est en cause. C'était moi..." sa voix s'est brisée, "Je savais qu'à un certain niveau il ne m'avait pas demandé par pitié mais je ne pouvais pas me sortir de la tête qu'il l'avait peut-être fait. Qu'étais-je censée ressentir après un an et demi de stérilité ? Être totalement ignorée, n'être invitée nulle part, n'être informée de rien..."

"Et alors ? C'était le passé... Tu avais l'occasion parfaite de t'en occuper."

"Oui, je l'ai fait. Mais... mais je n'ai pas pu le supporter. Je ne me sentais pas bien. Ritesh est quelqu'un de très bien, mais je savais que je n'étais pas faite pour lui. S'il m'avait invitée à sortir, c'était sûrement parce qu'il avait pitié de moi. Ce n'était peut-être pas le cas, mais je n'arrivais pas à me l'enlever de la tête. Si j'avais accepté de venir avec lui, cette idée serait restée dans ma tête. J'aurais eu du mal à m'amuser, à me faire des amis avec quelque chose d'aussi étranglant que cela sur la gorge. Et il aurait souffert, bien plus qu'il ne l'a fait lorsque je l'ai refusé. Si j'étais sortie avec lui, je lui aurais sûrement gâché la soirée..."

Purab la regarde avec un étonnement total. Comment Dogra se sentirait-il si quelqu'un lui disait cela ?

"Tout le monde n'est pas pareil, Purab. Certains d'entre nous ne sont pas aussi chanceux que toi, nous n'avons pas la capacité de faire de chacun notre ami, juste," dit-elle en claquant des doigts, "comme ça. Je n'ai pas l'esprit aussi vif, je ne suis pas aussi loquace, je ne suis pas plus séduisante. Pour moi, l'amitié ne commence pas avec quelques bonjours, salutations et autres. Et même si c'est le cas, ça ne dure pas du tout". Elle soupire.

"Je n'ai pas les mêmes intérêts, sentiments et pensées que la plupart des gens. Si je dois entamer une conversation avec quelqu'un, je dois réfléchir longuement, rien n'est spontané. De plus, au début, il y a quelque chose qui reste sur ses gardes, qui ne se laisse pas aller pendant quelques instants. Tu en as fait toi-même l'expérience ce jour-là, j'ai mis près d'une heure à m'ouvrir à toi."

Une heure ? se demande Purab. Il avait passé une demi-journée avec elle et pourtant, elle en savait plus sur lui que tous ses rendez-vous réunis. S'il y avait eu une ouverture de sa part, elle était enfin en train de la faire.

"Il en a toujours été ainsi. Je sais pertinemment que je suis différente des autres. Et pas dans un sens très positif. Je ne suis pas comme eux, donc je ne m'entends pas avec eux. Du moins, pas très facilement. Dieu sait que j'ai fait de mon mieux. J'ai essayé de parler de choses qui pourraient m'intéresser, d'entrer dans un groupe, de participer aux commérages généraux. Mais rien n'y fait. Je n'ai jamais été acceptée par aucun des groupes ici et j'ai toujours le sentiment de n'appartenir à aucun endroit. J'ai même essayé de saisir les opportunités que vous venez de mentionner. J'ai essayé d'être amicale avec certains des garçons qui venaient vers moi en pensant qu'ils ne pouvaient pas tous mentir, mais je me suis aperçue que j'étais complètement ignorée le lendemain. Il suffit d'un instant pour s'en apercevoir. Ou avec ce qui s'est passé dernièrement, peut-être une blague". Elle soupire.

"Ce n'est pas que je ne le mérite pas. Je ne blâme personne. Je ne suis pas du genre à faire la fête, donc je n'ai pas ma place nulle part. Je ne dirai pas que je regrette de ne pas être allée à toutes ces fêtes, événements et discothèques tape-à-l'œil. C'est seulement quand j'entends les gens en parler avec enthousiasme que je me demande si je n'ai pas fait une erreur".

C'était le cas. Une grosse erreur. Qu'allait-elle raconter à ses petits-enfants sur sa vie à l'université ?

"Il ne sert à rien de penser à tout cela. Je n'ai aucun moyen de me modeler sur ce que sont les autres. J'ai bien essayé une fois ou deux d'aller à quelques fêtes, mais ce fut un échec cuisant. Ton ami Parminder, je suis allé avec lui jusqu'au Yorkshire Club, il se trouve que je le connais un peu".

L'endroit se trouve à une courte distance du collège et, malgré son nom fantaisiste, n'a rien d'important. Il s'agissait d'une petite cabane où l'on servait des snacks sans intérêt et où tous les étudiants se rendaient chaque jour en cachette.

"Mais il ne lui a pas fallu plus de quelques minutes pour m'oublier. Il s'est mêlé à ses amis habituels et je n'étais plus là..."

Il a fait ça ? Quel salaud ! Il ne méritait pas quelqu'un comme elle. Seules les bimbos sans cervelle, comme celle qui avait choisi Parminder plutôt que lui ce jour-là, étaient censées le fréquenter.

"Non pas que j'aie quelque chose qui aurait pu le garder à mes côtés. Il en va de même pour mes camarades de classe. Les gens sont polis jusqu'à un certain point, mais personne n'est prêt à me laisser entrer dans leur vie. Au bout d'un certain temps, on se sent tout seul, même si on est au milieu d'une foule. On ne peut rien y faire... C'est comme ça que je suis."

Qu'était-elle ? Purab s'émerveille. Jusqu'à présent, il n'avait presque rien trouvé d'anormal en elle qui aurait pu la mettre dans cet état. Elle était tellement comme tout le monde. Pourtant, il n'était pas difficile de croire ce qu'elle disait. Le fait qu'elle soit différente était si frappant dans sa subtilité. Il pouvait très bien imaginer que personne ne lui parlait, ne faisait attention à elle, se moquait d'elle dans son dos, ne voulait l'accueillir. Lui-même ne l'aurait jamais abordée, s'il n'y avait pas eu ce pari, pensa-t-il avec morosité.

"Je sais ce que vous allez dire. Je sais que ce n'est pas eux. C'est moi. Sinon, tant de gens.... Je sais que c'est parce que je ne parle pas, que je ne sais rien de ce qui se passe à l'université, que je ne porte pas les vêtements à la mode, que je ne me maquille pas, que je ne porte pas de lunettes..."

"Cela n'a pas vraiment d'importance, Pam", dit-il d'un ton apaisant, "si tu n'es pas à l'aise avec quelque chose, pourquoi le faire ?" C'est lui qui a dit ça ? Impossible !

"S'il y avait quelque chose qui n'allait pas chez toi, je ne t'aurais pas parlé..." C'était vrai, en effet, "Tu n'as rien à regretter, ni à te plaindre. C'est juste que personne ne te connaît encore. Tout ce que tu as à faire, c'est de te montrer au grand jour et d'être toi-même..."

Elle esquisse un léger sourire. "Mais je pensais que je ne pouvais m'en prendre qu'à moi-même pour expliquer ce que je suis."

Elle était impossible, l'irritation le chatouillant à nouveau, "Oui, parce que tu ne fais rien pour y remédier. Tu ralentis, tu stagnes, tu pourris dans tes croyances stupides. Si une poignée de gens ne sont pas prêts à t'accepter, est-ce que ça t'enlève le droit de profiter de la vie ? Qu'ils aillent au diable ! Tu es une fille forte et indépendante, pourquoi diable as-tu besoin des autres ?"

"Je n'en ai pas besoin. Ce que tu penses être une dépendance n'est qu'une simple nécessité, mais c'est ce que c'est. J'ai fait de mon mieux. Il est peut-être faux de penser que j'ai finalement abandonné, mais personne ne vaut la peine d'aller aussi loin. Je ne sais pas ce que c'est exactement, mais il y a quelque chose en moi qui m'empêche de profiter de la vie selon vos conditions. Je suis allée à certaines de ces fêtes, en me préparant avec ces mêmes pensées, mais au bout d'un moment, quand je reste toute seule à regarder les autres rire, bavarder et danser, je me sens si... si nauséeuse. Cela ne sert à rien. Est-ce qu'il y a un moyen de se sortir de ce genre de choses tout seul ?"

"Pourquoi pas ? demande Purab. L'absence d'amis ou même de rendez-vous n'est pas une excuse pour ne pas aller là où l'on veut.

Elle le gratifia soudain d'un sourire éclatant, ce qui le déconcerta encore plus. "Cela, mon cher Purab, tu es l'une des rares personnes les plus chanceuses au monde à ne jamais, jamais le savoir."

Elle se détourna brusquement et lorsqu'elle se retourna, Purab fut horrifié de voir ses lèvres retournées en une grimace agitée, des larmes aux coins des yeux. "S'il te plaît, Purab, commença-t-elle d'une voix légèrement étranglée, je sais que je ne suis pas un idéal et je ne sais pas si c'est pour le bien ou pour le mal. Je ne blâme personne ici. Je ne connais pas l'ampleur de la situation, mais on m'a assez parlé de ma contribution pour une fois. C'est un sujet très douloureux et je vous demande de ne plus en discuter. Car je ne sais pas à quel point je suis responsable de mon état actuel, mais si la journée est gâchée aujourd'hui, ce sera sans aucun doute entièrement de ma faute."

Elle se lève et se dirige vers la poubelle voisine pour y jeter son assiette désormais vide. Purab se dit qu'il a recommencé. Il l'avait encore blessée de la pire façon qui soit. Il avait décidé de faire de cette journée un jour mémorable pour elle. Il était en train d'en faire un qui méritait vraiment d'être rappelé, en étalant une à une toutes ses fautes devant elle. Mais qu'est-ce qu'elle avait à se reprocher ? Qu'est-ce qui le poussait à se comporter de cette manière impardonnable avec elle ? Rien, en fait. Il semblait juste difficile de digérer qu'une personne comme elle ait été choisie pour être dépouillée de tout droit de vivre.

Il n'arrangeait certainement pas la situation. Purab Chaddha, vous devriez être fouetté ! Honte à vous ! C'est ainsi que vous traitez un rendez-vous galant ?

Quoi qu'il se soit passé jusqu'à présent, il s'est silencieusement juré que s'il ne pouvait pas la faire sourire, il ne laisserait certainement pas une seule larme sortir de ses yeux.

Attendre la cible

Purab regarde fixement la grande affiche placée au-dessus de la paroi vitrée qui sert de guichet. L'harmonie de l'amour". Grimaçant, il se tourne vers celle qui se trouve à côté, "Dil Diya Dard Liya". O Crap ! il se tourne vers le comptoir à angle droit. Ses yeux s'écarquillent. Et juste à côté, "The King". Cool ! Il attendait depuis si longtemps.

Presque inconsciemment, il se dirigea dans cette direction, les yeux rivés sur l'imposante silhouette de Dirk Warner qui lui lançait un regard de mépris dérisoire. "Qu'est-ce qu'on regarde ?" une voix douce à côté de lui mit un terme à son exaltation en lui faisant prendre conscience de l'absence de sa solitude.

Non ! gémit-il presque, s'il vous plaît, pas aujourd'hui ! S'il avait su que le film était sorti, il n'aurait jamais fixé un rendez-vous avec qui que ce soit dans ses rêves les plus fous aujourd'hui.

Pourquoi ? Pourquoi les filles ne peuvent-elles pas comprendre le besoin d'un homme de regarder un combat illogique, plein de violence, de sang et d'os ? Pourquoi ne voient-elles pas qu'il y a des moments où il n'y a pas d'autre solution qu'une "simple discussion" ? "Qu'est-ce qu'on regarde ?" Elle le dit plus fort, pensant qu'il ne l'avait pas entendue.

"Une minute", dit-il d'un ton irrité. Chaque parcelle de son corps aspirait à un rendez-vous avec le roi. Et toutes les convenances exigeaient qu'il se contente d'une de ces stupides histoires d'amour chic qui régnaient sur le cœur de toutes les filles de la ville. Il n'arrivait pas à comprendre ce que les filles trouvaient de si attirant dans ces films larmoyants où le héros et l'héroïne passaient la moitié du temps à se rendre compte qu'ils étaient amoureux et l'autre moitié à décider qu'ils devraient probablement se marier. Tout ce qu'il savait, c'est que pour toutes les filles, le sens du divertissement consistait à regarder deux abrutis se bécoter dans les vallées de Suisse, là où les gens ordinaires ne pourraient pas aller, même dans les limites les plus lointaines de leur imagination (à moins, bien sûr, d'être suisse).

Le spectacle était prévu à 13h30 et il était déjà 13h. Il devait prendre une décision rapidement. Il regarda la maigre foule dans toutes les files d'attente et eut envie de crier. Si la valeur du roi avait été réellement affichée, il n'aurait pas été difficile de faire un choix. Mais l'extension du très populaire "Renuka's" avait ouvert ses portes de ce côté-ci de Ludhiana il y a quelques jours à peine et il était évident que son existence n'avait pas vraiment été remarquée par beaucoup de gens. Tous les films à l'affiche avaient la même chance d'être choisis et la même probabilité d'obtenir un billet.

Il regarda les affiches de ces comédies romantiques pourries pour lesquelles il devrait déposer ses armes et grimaça. La présence du roi n'apportait rien de bon à la situation en tant que telle ; en d'autres temps, ces autres films ne l'auraient pas dérangé. En tant qu'épaule rassurante lorsque ses partenaires pleuraient pendant les périodes difficiles que traversaient les acteurs principaux, elle avait contribué à consolider sa position d'attraction inoubliable pour les filles qui se distinguaient par une âme sensible et attentionnée. Et il y a eu d'autres moments où, plutôt que de regarder le film, il a pris la liberté d'imiter certaines des positions compromettantes dans lesquelles les acteurs principaux se sont mis avec la bombe grésillante et sans état d'âme dans l'obscurité accueillante de l'auditorium. Mais pour l'instant, il était enclin à admettre qu'il n'avait aucun intérêt à réaliser l'un ou l'autre de ces deux objectifs avec son choix plutôt étrange de rendez-vous, et encore moins à regarder un stupide film d'amour avec elle.

"Tu peux choisir ce que tu..." commença-t-elle. "Une minute", lui coupa-t-il la parole, fixant toujours les affiches avec inquiétude. Il grimace intérieurement. Pourquoi diable avait-il accepté ce pari ?

"Je pense..." dit-il en essayant d'être aussi nonchalant que possible et se tourna vers elle, "que nous..." il se retourna et resta immobile comme une statue.

"Quelque chose ne va pas ?" demanda Pamela, inquiète, en remarquant l'horreur sur son visage.

"N...Rien", dit-il précipitamment, se détournant brusquement et se précipitant en avant, "J'ai juste besoin d'aller aux toilettes", dit-il dans son dos, "Restez là..." et se précipita à l'intérieur des toilettes pour hommes. Deux de ses amis proches se pressaient devant la porte ouverte du Speedblaster's 1.10 show, le visage tourné vers l'endroit où ils se trouvaient. S'ils l'apercevaient avec ce piètre substitut de rendez-vous, il ne pourrait plus jamais se montrer à l'université. Son esprit avait fait un bond et la chaleur lui était montée à la tête lorsqu'il avait marmonné l'excuse d'une vessie pleine et s'était précipité vers un endroit qu'il espérait, à des kilomètres et des kilomètres de là...

Il s'en est fallu de peu, se dit-il en se lavant les mains au lavabo. Il avait oublié qu'un grand nombre de ses amis allaient certainement venir ici pour faire un tour dans ce centre commercial nouvellement construit, présenté comme le plus grand de Ludhiana jusqu'à présent. Il n'y avait ici qu'Arnav et Manpreet ; le reste de la bande serait certainement dispersé un peu partout, ce qui signifiait qu'il devait être doublement sur ses gardes.

Il avait peut-être pris ce pari pour mettre fin aux commentaires de cette putain de femme sur ses capacités, mais c'était une autre affaire que de convaincre ses amis de la raison pour laquelle il se promenait avec une fille avec laquelle on ne le verrait pas mort. Il avait trop à perdre juste pour une journée de non-conformité. D'un côté, c'était triste de mettre quelqu'un comme elle dans cette catégorie avec tout ce qui s'était passé il y a quelques minutes, mais c'était la vérité qu'elle ne pourrait jamais être vue avec lui. Il était désolé pour elle de la façon dont les gens la traitaient, mais il ne pouvait pas permettre que sa présence ternisse la réputation qu'il avait construite si péniblement depuis si longtemps.

Il sortit, jetant toujours un coup d'œil furtif autour de lui à la recherche d'autres surprises et se détendit lentement en découvrant que ses deux camarades étaient hors de vue. Il marcha rapidement jusqu'à l'endroit où il l'avait laissée et s'arrêta un peu avant pour constater qu'il était vide. Il cligna des yeux, un peu déconcerté par l'espace vacant, puis jeta un coup d'œil autour de lui. Où était-elle ?

Le snack-bar situé à une certaine distance était dépourvu de tout client. Il se tourna dans la direction d'où il venait, de peur qu'elle ne soit partie à sa recherche, mais trouva le passage désert. Où diable a-t-elle disparu ? pensa-t-il, à la fois contrarié et inquiet. Il ne reste qu'un quart d'heure et voilà...

Elle aurait pu aller aux toilettes ; l'idée le frappa et il se tourna diamétralement opposé pour marcher dans cette direction. Aussi rapidement qu'il tournoyait vers les guichets, un éclair rouge avait attiré son regard.

Ses yeux ont failli sauter et sa bouche s'est ouverte. Pamela se tenait à la fin de la file d'attente, attendant patiemment son tour. Juste au-dessus d'elle se dressait l'énorme affiche de Dirk Warner, en pleine crise de nerfs. Purab regarda fixement. S'il y a bien une chose qu'il ne pourra jamais demander à Pamela de faire dans sa vie, c'est bien cela. Aucune fille ne peut avoir envie de regarder un tel film. Avait-elle des centres d'intérêt qui ne correspondaient pas aux normes de sa tribu ? Cette fille était pleine de surprises.

Mais comment diable... ? Cela semblait encore incroyable. Était-il en train de rêver ? Il secoua la tête. C'était là ce qui était, mais quelque chose lui disait que ce n'était pas là. Il y avait quelque chose qui n'allait pas. Pour l'amour de Dieu, même Aastha ne supportait pas son préquel ! Il interrompit sa réflexion et s'avança vers elle.

"Qu'est-ce que tu fais ici ? demanda-t-il en s'approchant d'elle.

"Oh ! Te voilà", sourit-elle en le regardant, "Il se faisait tard. Je me suis dit que j'allais acheter les billets..."

"Tu es au courant pour le film ?"

"Oui", elle acquiesce, "mon cousin l'a vu en version piratée, il a dit qu'il était bien..."

C'est vrai ? Est-ce qu'elle avait la moindre idée de ce qui l'attendait ?

Oh, allez Purab, elle a réalisé ton souhait. Elle va voir le film que vous vouliez. Quel était le problème ? Laisse-la faire face à la musique si elle ne savait pas. Qu'est-ce qu'il y a à en penser ?

"J'ai aussi entendu parler du film. Il y a une scène sympa où la tête d'un homme est coupée en mille morceaux comme une pastèque..."

"Euh...", elle émit un son doux, mais Purab avait déjà perçu l'inquiétude qui imprégnait son ton. Quelque chose ne tournait pas rond.

"Dites-moi une chose et je ne veux rien d'autre que la vérité", dit-il d'un ton péremptoire, "Est-ce vraiment votre idée du divertissement ?"

Sa façon de faire n'invitait pas à se détourner du sujet et elle ne protesta pas, même si elle ne cessa d'hésiter : "Eh bien... non..."

Ouf ! Il commençait à avoir de sérieux doutes sur sa féminité.

"Alors pourquoi as-tu pris cette ligne ?"

Elle avait l'air d'une enfant surprise en train d'essayer de voler des bonbons supplémentaires lorsqu'elle répondit : "Il n'y a rien de bien qui se joue... J'ai pensé que vous aimeriez ça..."

Quoi !!! Purab la fixe, sidéré : "Tu veux dire que tu ne veux pas regarder ces deux-là ?". Il lui désigne les deux films romantiques à l'autre bout de la salle.

Elle sourit à nouveau, "Pas tant que ça", dit-elle, "Mais je les aurais choisis plutôt que ça..." admet-elle. "Alors pourquoi ?" Elle est devenue folle ?

"Euh... Eh bien..." dit-elle penaude, "Mon cousin m'a dit qu'aucun homme ne peut renoncer à ce film..."

Tout comme aucune fille ne peut renoncer à quelque chose comme ça, pensa Purab, l'esprit en ébullition. Elle se préparait à ce genre de sang et de gore, tout ça pour lui ? Était-ce elle qui l'avait invité à un rendez-vous ou était-ce l'inverse ?

"Et donc, tu as choisi ce film ?" demanda-t-il, incrédule.

Elle sourit mais ne répond pas. Euh, bien joué, Purab Chaddha. Tu as vraiment fait bonne impression à cette fille.

"C'est bon, dit-elle d'un ton rassurant, ça ne me dérange pas. Allons-y."

Cela semblait terriblement tentant, pensa-t-il avec morosité. Oh, pour l'amour du ciel, combien de temps allait-il encore prétendre que c'était un rendez-vous ? Même elle disait que cela ne la dérangeait pas. Pourquoi devrait-il céder pour la putain de raison stupide de mettre un certificat de rendez-vous romantique sur leur sortie " amicale ", juste parce qu'aucun de ses rendez-vous n'était jamais allé aussi loin pour lui ? Après tout, A avait-il assez de cervelle pour comprendre pourquoi il avait choisi ce film pour son rendez-vous ?

C'était une décision prise en une fraction de seconde. "Non, ce n'est pas ça", dit-il fermement, "nous ne regarderons pas ce film". Elle l'a regardé avec incrédulité : "Bien sûr ?"

Aw, man ! Ça fait mal, vraiment mal. "Oui, c'est ce qu'on va faire." Il lui montre l'affiche du film hindi. "Viens vite, il se fait tard", dit-il en lui posant la main sur l'épaule, la poussant à sortir de la file d'attente.

"Ça ne te dérange pas ?" demanda-t-elle doucement.

Arrête de dire ça ! "Non, ça ne me dérange pas", réussit-il à dire sur le même ton.

Elle lève les yeux vers lui, "Ecoute Purab," dit-elle, "Tu n'as pas besoin de sacrifier tes désirs pour moi. Ce n'est tout simplement pas fait. Je ne l'accepterai pas."

Qu'est-ce que c'était que cette femme ? Il était en train de s'agripper à chaque once de force dans son corps à force de déchirer la ligne et ici...

"Allez Pam, on est en retard..." dit-il d'un ton bourru en enroulant ses doigts autour de son bras.

"Je m'en fiche", dit-elle obstinément, rivée à sa place, "je ne regarderai aucun film si ce n'est pas celui que tu regarderais".

Il avait envie de la gifler, elle l'avait déjà mis à bout de nerfs. Mais était-ce juste ? Elle voulait seulement qu'il profite de la journée autant qu'il le faisait pour elle.

Bon, d'accord, il a vu l'affiche 'Harmonie de l'amour'. Ce n'est pas si mal de penser à soi pour une fois, surtout quand il doit supporter tout un film avec elle, autant rendre la situation un peu plus supportable. "Ok", il l'oriente vers la file d'attente qui se trouve en dessous, "c'est moi qui décide de celui-là".

"Mais Purab..." proteste-t-elle.

Tais-toi ! "C'est bon, Pam, je peux toujours regarder celui-là sur l'ordinateur portable d'un ami." C'était en effet une meilleure idée que d'avoir une Pamela se tortillant et frissonnant à côté de lui, s'accrochant à lui (beurk !) à chaque scène. Sa décision ayant pris de l'ampleur avec cette pensée, il la dirigea rapidement vers la ligne d'attente en étouffant tout autre "Sures ?" de sa part.

"Je ne sais pas quoi dire... C'est quelque chose que je n'aurais jamais cru pouvoir arriver un jour... Tu n'as jamais été aussi proche de celle que j'avais imaginée pour moi... Et pourtant, je trouve qu'il n'est absolument pas en mon pouvoir de ne pas être d'accord avec le fait que tu l'es. De tant de façons..."

"Mais...moi ? Qu..."

"Je sais... Je sais que tu as du mal à le croire, moi aussi. Mais c'est la vérité. Je t'aime. Plus que l'amour lui-même. Plus que la vie elle-même...William...ne pars pas..."

"Euh...je...je..."

Purab détourne la tête, exaspéré. Toujours les mêmes conneries. Les mêmes dialogues. Du vieux vin dans une nouvelle bouteille, non, pourquoi insulter le vin, de la nouvelle merde ostensiblement jetée à la figure. Et ils disaient qu'Hollywood était à mille lieues de Bollywood ?

Qu'est-ce que les gens obtiennent en faisant de tels films ? Et surtout, qu'est-ce que les gens trouvent d'intéressant à les regarder ? L'histoire n'avait pas avancé d'un iota depuis la dernière heure. Cet imbécile aimait déjà la jeune fille, alors quel était son putain de problème ? D'ailleurs, elle était si séduisante qu'il lui aurait dit oui, même s'il ne l'aimait pas.

Il ferma les yeux avec morosité. Il restait une heure entière de trahison. Il se demanda ce qu'il y avait encore à montrer. S'il disait oui, ils se mariaient, s'il disait non, ce qui était probable, ils se séparaient. Quel était l'intérêt de faire souffrir les gens une heure de plus ? Il avait envie de prendre la gorge de Pamela dans ses mains et de lui demander ce qu'elle avait bien pu trouver d'intéressant dans ce film.

Mais il l'avait choisi lui-même, n'est-ce pas ? Elle avait été assez gentille pour accepter un film que son âme douce n'aurait jamais pu supporter pour qu'il passe un bon moment. S'il acceptait encore ce gâchis, c'était de sa faute.

Bien sûr, il savait qu'il ne pouvait pas la blâmer du tout. Elle était même allée jusqu'à suivre sa ferme résolution à la lettre en payant son billet de cinéma, tout comme elle l'avait fait pour les collations légères qu'ils avaient prises auparavant. Il l'avait laissée faire, puis avait tranquillement empoché la partie déchirée de son ticket lorsqu'ils étaient entrés dans la salle obscure, espérant qu'elle servirait de preuve de leur excursion, même si elle n'était pas très solide pour A. Il n'aurait jamais cru, cependant, que ce film se révélerait si horrible.

Il aurait presque souhaité qu'ils aient choisi le film en hindi à la place. Le contenu n'aurait pas été différent, mais au moins un petit groupe d'étudiants aurait été présent et ce serait un plaisir de se perdre dans leurs commentaires animés, leurs sifflets et leurs insultes novatrices lancées scène après scène. Les voilà au milieu d'une mer de silence. Une rangée vide derrière eux, une rangée vide devant eux. Personne pour traiter le héros d'abruti, personne pour se moquer de l'héroïne, personne pour s'esclaffer devant ces dialogues outrageusement stupides. Il avait envie de se donner un coup de pied. Tout ce qu'il s'était offert avec ce billet de 500 roupies, c'était une heure d'absurdité dans une salle climatisée.

Mais l'autre n'a pas besoin de l'être. Il faisait une chaleur étouffante dehors et il pouvait tout aussi bien profiter de la situation telle qu'elle était. Il s'inclina et commença lentement à s'assoupir, sans se soucier des ondes sonores d'une chanson pop de Sally Quyale qui frappaient régulièrement ses tympans dans une cacophonie grossière.

Il dormait presque profondément lorsque quelque chose lui tira les côtes et qu'il fut réveillé en sursaut. Il regarda autour de lui avec irritation. Qui diable s'immisçait dans son incursion au pays de la paix ? De nos jours, plus personne ne croyait au principe "vivre et laisser vivre". Il regarda à nouveau autour de lui lorsque la chose lui toucha à nouveau la poitrine. Il se tourna sur le côté en sursaut et découvrit Pamela qui regardait devant elle avec excitation. Ces filles, quelque chose de 'ooh so cute' dans le film est apparu et elle a pensé qu'il était justifié de mettre fin à sa période de détente, pensa-t-il avec colère. Toutes des belles idiotes.

Le coude de la jeune femme pointait toujours dangereusement sur ses flancs et Purab se déplaça avec colère pour éviter d'être à nouveau frappé. De toute façon, qu'est-ce qu'il pouvait bien y avoir dans ce film malsain qui puisse intéresser une fille comme elle ? En fait, tout ce qu'il y avait dans ce film était de nature à exciter les nerfs des filles de son espèce. Tandis que les gars comme lui hochaient la tête en silence et souffraient.

Il se tourna vers l'écran et réalisa soudain qu'elle ne regardait pas le film non plus. Surpris, il suivit la direction de son regard et ses yeux s'écarquillèrent à la vue d'un couple blotti l'un contre l'autre, absorbé par le charme d'un orgasme dans toute l'intimité que son coin sombre pouvait lui offrir.

Il se tourna sur le côté et sourit ironiquement. On peut faire confiance à cette fille pour trouver une certaine cohérence dans les situations les plus absurdes. Il se retourna et commença à observer le couple qui profitait au maximum de la situation et d'eux-mêmes, un peu ennuyé. A côté de lui, Pamela l'observait aussi en souriant d'une oreille à l'autre.

Le couple était toujours occupé à se bécoter, totalement inconscient de l'intérêt qu'il suscitait, plus que le film terne, chez le couple solitaire assis trois rangées derrière eux. Purab secoue la tête, incrédule.

Qu'y a-t-il de si spécial dans le fait de s'embrasser en couple pour que les filles soient si enthousiastes ? Il s'agit simplement du partage d'un désir mutuel pour la compagnie du sexe opposé. Il ne savait pas ce qu'elles trouvaient de si intéressant pour faire des histoires. Non, peut-être qu'il le savait, Trisha avait dit que c'était une promesse d'amour, la consolidation d'une relation, un renforcement de la foi et toutes ces conneries. Pour couronner le tout, le groupe de filles auquel elle appartenait, en revanche, devait rougir et se décrier chaque fois que quelqu'un faisait la moindre suggestion similaire sur le fait qu'elles venaient de " bonnes familles ". Qu'est-ce que cela peut bien faire ? Pourquoi, bien souvent, lui-même...

Il sourit, secoua à nouveau la tête et s'apprêtait à retourner à son film, comparativement plus ennuyeux, lorsque ses yeux tombèrent sur la silhouette souriante à côté de lui.

Elle fixait le couple avec un plaisir non dissimulé, la bouche entrouverte, exhibant ses dents blanches et nacrées. Ses grands yeux noirs brillaient, une minuscule demi-lune scintillant dans chacun d'eux, son visage débordant d'un bonheur insurmontable. On aurait dit qu'elle se joignait au plaisir que les tourtereaux partageaient, se délectant de la signification simple et douce du sentiment dans lequel ils étaient tous deux plongés, sans toutes les saletés, toutes les autres interprétations que la scène véhiculait. Elle était tellement absorbée par la joie d'assister à l'une des plus belles émotions que la nature ait créées chez l'homme, que Purab se demanda s'il n'avait pas manqué quelque chose chaque fois qu'il avait regardé une scène d'amour avec un désintérêt piquant. Mais ce qui était encore plus troublant, c'était l'ombre d'une beauté intense qui était assise à côté de lui, totalement ignorante, un spectacle d'une douce innocence et d'un charme naturel qu'il avait déjà vu à maintes reprises, mais dont il n'avait jamais été frappé par la létalité inhérente mais subtile.

La cible arrive

"C'était un bon film..." dit-elle alors qu'ils sortent.

"Uh...huh..." Il ne voulait plus en parler.

"Tu n'as pas aimé ? demanda-t-elle doucement.

Il se tourna vers elle, exaspéré. A quoi bon faire semblant ? Ni l'un ni l'autre n'avait regardé ce film. Ils étaient tous les deux occupés, elle à glousser devant la scène de la réalité classée X et lui à essayer de comprendre pourquoi il avait décidé de se lever pour 'The King' et de se contenter de cette connerie de deux heures et demie.

Quoi qu'il en soit, son rendez-vous était heureux et c'était là l'essentiel. Parfois, il faut sacrifier certaines choses souhaitées pour le plus grand bien de tous. Et il savait combien de personnes le remercieraient de tout leur cœur une fois qu'il aurait réussi à démolir l'arrogance imméritée de cette stupide femme A.

"Alors, qu'est-ce qu'on fait maintenant ?" demanda-t-elle.

C'est ce qu'il pensait lui aussi. Techniquement, les 24 heures n'étaient pas terminées, mais pratiquement, il lui avait donné plus qu'il ne l'avait jamais fait à aucun de ses rendez-vous. Il n'aurait donc pas tort de s'arrêter là, et il était presque sûr qu'elle, aussi gentille soit-elle, ne dirait rien. Mais la vérité était qu'il ne pouvait pas faire marche arrière maintenant, le jeu ne faisait que commencer. Il était enfin parvenu à faire sourire sa compagne (même s'il avait découvert par hasard ce qui la faisait vibrer), un exploit qu'il aurait dû accomplir bien plus tôt. Il fallait qu'il reste un peu plus longtemps pour que le bonheur se fonde dans le cœur et le cerveau de la jeune femme. Il n'avait pas fait ce pari pour prouver qu'il pouvait sortir avec elle. Il était venu pour pouvoir la laisser derrière lui et en redemander.

Et à ce moment précis, il ne savait pas du tout ce que c'était. Il regarda autour de lui. D'autres magasins peut-être ? Non, il en avait assez de se promener dans les magasins sans rien acheter. Une véritable perte de temps. Que faire alors ?

"C'est drôle ce qu'ils ont montré", dit-elle pendant qu'ils marchaient, "mais c'est tellement vrai. Les choses de la vie sont très simples. C'est nous qui les rendons compliquées avec nos peurs, nos ambitions et nos préjugés."

"Euh...Huh...", dit-il, ni d'accord ni en désaccord. Il était trop occupé à chercher pour comprendre.

"J'admire vraiment la façon dont vous vivez. Rien de compliqué. Tout est simple et direct, sur ton visage..."

Ce qui le fit se retourner et lui sourire. "Regardez qui parle...", lui dit-il en la taquinant.

"Tu crois ?" demanda-t-elle d'un air à la fois amusé et curieux.

"Qui ne le pense pas ?"

Elle sourit, "C'est là", admit-elle, "Mais combien connaissent la vraie vérité..."

"Allons, allons". Il dit avec désinvolture, regardant autour de lui, "Qu'est-ce qu'il y a à savoir..."

Il s'arrêta net et se retourna vers elle, consterné par sa propre déclaration. Jusqu'où pouvait-il aller dans l'insouciance ?

Elle ne semblait pas blessée, ou faisait mine de ne pas l'être. "En fait, continua-t-elle, c'est parce qu'ils pensent cela que tout est très compliqué. Sinon, ce n'est pas le cas. Et c'est pour ça que je t'ai appelé une personne très très simple."

"Pourquoi ?" Il s'était toujours considéré comme tout sauf cela.

"Tout le monde sait tout de vous. De la tête aux pieds."

C'est ce que vous pensez, pense Purab avec ironie.

"Qu'est-ce qui complique les choses ?" demande-t-il.

"Rien, rien du tout. Tu aimes les filles, elles t'aiment en retour, qu'est-ce qui pourrait compliquer les choses ?"

C'est ce qu'il pensait aussi. Pourquoi ne pensaient-elles pas la même chose, se demanda-t-il, se rappelant quelques expériences désagréables dans le passé avec des filles plutôt, disons, persistantes.

Mais le plus surprenant était que cette simple vérité sortait de la bouche de la dernière personne au monde à laquelle il s'attendait. Avait-elle vraiment la capacité de penser ainsi ?

"Tu sais pourtant", dit-elle d'un air songeur, "c'est ce qui est le plus compliqué..."

"Quoi ?" demanda-t-il, confus.

"Qu'est-ce qu'il y a à aimer chez vous ?" Elle sourit.

C'est ça, il abandonnait, la rage le saisissant avec une vigueur renouvelée. Non pas qu'il aimait échouer, mais si quelqu'un osait l'insulter de la sorte...

Elle ne semblait pas l'avoir remarqué. "Qu'est-ce qui vous rend si attirant à leurs yeux ?"

Ok d'accord, peut-être qu'elle essayait de le féliciter, dans un style différent.

Sa colère un peu refroidie, il put sourire à nouveau, "Vous êtes la psychologue."

"Euh...Huh." elle sourit, "Mais je ne suis qu'une débutante."

"Dis-moi quelque chose..." dit-il alors qu'ils marchaient, "Est-ce que tu me trouves attirant ?"

"Euh ?" Elle a l'air confus, "D'où ça vient ?" demanda-t-elle sans se rendre compte que le reste de la soirée dépendait fortement de sa réponse.

Mais bien sûr, quand les filles comme elle ont-elles répondu à une question aussi directe ?

"Rien, juste de la curiosité..."

"En quoi est-ce important ?"

"Pourquoi ?" Il est déconcerté.

"Je suis toujours là avec toi, que je te trouve attirante ou non. Pourquoi ce que je pense de toi devrait-il avoir de l'importance ?"

C'était la vérité, d'une certaine manière, mais cela montrait aussi clairement qu'elle avait toujours des soupçons sur la raison pour laquelle il l'avait invitée à sortir. Il serait dangereux de poursuivre cette conversation plus longtemps.

"C'est bon d'être félicité". Il ajouta précipitamment.

Elle sourit, "C'est une facette de l'esprit humain que je connais..."

Il sourit à son tour, soulagé. Moins elle en savait sur le reste, mieux c'était.

"Dieu merci", plaisante-t-il, "j'ai cru que tu avais imaginé que je te faisais des avances".

"Pourquoi ?" demande-t-elle, "Ce n'est pas un rendez-vous..."

Qu'est-ce que c'est alors ? Pourquoi ne peux-tu pas te libérer de ces restrictions que tu t'es délibérément imposées et dire la vérité, chérie ?

"Nous n'avons rien fait d'autre qu'un seul...", affirme-t-il.

"Peut-être, mais c'était dans un sens différent. Et tu peux en rajouter en évitant de me faire des avances."

"Pourquoi voudrais-je te faire des avances ?" dit-il avec irritation, sa patience s'épuisant. L'horreur le frappa à nouveau. Qu'est-ce qu'il faisait ? Depuis quand était-il devenu si maladroit ? C'était la deuxième fois d'affilée qu'il laissait échapper par inadvertance quelque chose d'aussi blessant.

Elle changea de sujet sans commentaire, "En y regardant de plus près, je me demande s'il existe quelque chose comme le véritable amour..."

Il haussa un sourcil, "Le film ou..."

Elle rit, d'un rire tintinnabulant et gargouillant. Purab la regarde avec étonnement. Voyons, c'est aussi une humaine et elle est tout à fait capable de faire ça.

Mais est-ce que cela apporte toujours un si joli changement sur le visage ?

"En les regardant et en général, je me demande souvent s'il existe quelque chose que l'on appelle l'amour. Pas cette sorte d'affection inhérente que nous avons pour nos parents, nos frères et sœurs, nos amis... Mais ce sentiment insignifiant et indéfinissable d'appartenance à un parfait inconnu. Où rien d'autre ne compte que ses souhaits, ses joies, son bonheur total."

"Qu'en penses-tu ?" Enfin, elle faisait quelque chose de si typique de sa race. Réfléchir à quelque chose qu'elle n'était pas destinée à obtenir.

Elle sourit : "Ce n'est pas à la bonne personne qu'il faut poser la question. Qu'en penses-tu ?"

Cette fois, sa réponse n'était pas si caractéristique. Il s'attendait à ce qu'elle se lance dans un long panégyrique sur ses croyances filmiques, irréalistes et absurdes de l'amour et de ses complexités associées. Mais elle lui avait simplement passé le relais.

"A propos de quoi ?

"De ce sentiment d'amour, bien sûr..."

Il fit une grimace d'ennui : "Ce ne sont que des trucs et des bêtises. Tous sont nés ici pour eux-mêmes, pour s'occuper d'eux-mêmes, pas pour les autres...."

Elle le regarde avec incompréhension : "Hein ?"

"Ce sentiment d'appartenance, comme tu viens de le dire, n'est pas pour l'un pour l'autre, mais pour l'autre pour soi. L'amour n'est rien d'autre qu'un doux éponyme pour une offre d'égoïsme qui est le droit de chaque humain."

"Mais tous ces....", balbutie-t-elle, "tous ces couples... ne sont-ils pas...".

"C'est ce qu'ils pensent. Tout le monde a un motif pour placer une personne comme objet d'amour. Un joli visage leur fait oublier la laideur qu'ils détestent ou la compagnie chasse les jours de solitude passés. Parfois, c'est le désir de tenir un corps dans ses bras, parfois une façon de montrer aux gens que l'on est parfaitement sain d'esprit parce que l'on n'est pas célibataire. Chacun a besoin d'amour pour ses propres besoins. Personne n'aime quelqu'un pour son bien. C'est toujours le sien."

"C'est assez intense...", dit-elle doucement.

"Oui, mais c'est la vérité", poursuit-il, totalement absorbé par la conversation, "ce n'est jamais vraiment l'autre qui compte en amour. C'est toujours vous. Tu aimes quelqu'un pour ton propre bien. Vous voulez qu'il soit heureux pour votre propre bonheur. En ce sens, l'amour est l'une des pires dépendances au monde".

Elle le regarde fixement. "Alors, tu ne crois pas vraiment à ces cloches qui sonnent dans la tête, à ces nuits sans sommeil et à ces lendemains heureux."

Il rit : "Pas au sens où le monde l'entend. L'amour, ce n'est pas les roses et les chocolats, les poèmes, les lettres. C'est quelque chose de bien plus différent et de bien plus lointain. Ce n'est pas quelque chose que nous pouvons tous comprendre."

"Mais c'est tellement incroyable... tellement incroyable..." s'exclama-t-elle.

"Quoi ?"

"Comment réussis-tu à convaincre toutes ces innombrables filles de quelque chose en quoi tu ne crois pas toi-même ?"

Garder un œil

Purab se raidit. Il sentait que son style de vie était critiqué et que l'hypocrisie de ce genre de femmes en était la cause.

"Aucune fille ne se rend compte que ce n'est pas à elle que vous pensez lorsque vous sortez avec elle, alors qu'il est évident que vous avez un nouveau rendez-vous chaque jour. C'est tellement étrange, n'est-ce pas ? Si je peux me permettre, à quoi penses-tu vraiment quand tu sors avec tes copines ?"

Il la fixa avec colère pendant quelques minutes, puis se détourna brusquement. Il aperçut de loin un néon de Mac Donald's.

"Viens, on va manger quelque chose, j'ai faim", dit-il d'un ton bourru et se dirigea vers le restaurant. C'était bien la peine de supposer que cette fille le comprenait. Toutes les filles se ressemblaient, elles étaient déterminées à s'emparer de tous les hommes qui pouvaient les charmer pendant quelques secondes et à qualifier d'incapables tous ceux qui parvenaient à s'échapper.

Pamela se précipita derrière lui. "Purab, Purab, appela-t-elle frénétiquement, que se passe-t-il ?

Il ne dit rien. Il ne voulait plus lui parler.

"Purab... répéta-t-elle.

"Allons-y", répondit-il laconiquement.

"Tu es fâché contre moi, dit-elle, que s'est-il passé ? J'ai dit quelque chose ?"

Il lui retourna un visage furieux. Pour parler de toutes les choses irritantes du monde.

"Il ne s'est rien passé". dit-il brièvement.

"Il y a quelque chose", persiste-t-elle. "S'il te plaît, Purab, c'est quelque chose que j'ai dit ou fait ?"

"C'est bon, Pam, je comprends." Il se détourne d'elle.

"Comprendre quoi ?" demande-t-elle.

"Je comprends très bien. Derrière cette façade d'amitié que tu as construite, tu as déjà mis un certificat de désapprobation sur mon caractère. C'est ce que les filles comme toi pensent des gars comme moi". Il dit platement en continuant à marcher.

"Mais...

"C'est bon," il l'a interrompue, "je sais à quoi m'attendre. Je sais à quoi m'attendre. Le fait que je fréquente des filles tout le temps est une pilule très amère à avaler pour certains d'entre vous. Un Casanova, un tombeur, un mépris total des sentiments des filles, c'est ce que vous pensez que je suis, n'est-ce pas ? Vous pensez tous que je joue avec la foi et la confiance de toutes ces pauvres femmes avec mes fausses promesses et que je brise leur cœur l'un après l'autre. Et vous vous mettez tous en tête de réformer les gens comme moi, alors que vos propres vies sont loin d'être parfaites. Tant d'insuffisances que vous avez pour vous-mêmes", s'emporta-t-il à chaque mot, "mais cela ne vous empêche pas de nous trouver des défauts, à moi et à mes semblables, et de nous qualifier d'inadaptés sociaux. Qui vous a donné le droit de soulever des questions sur la façon dont les autres vivent leur vie ?

"Mais j'aime votre façon de vivre..."

Il se retourne vers elle. "Oh, allez... pas besoin de me flatter... Au moins, je connais tes vrais sentiments à mon égard maintenant..."

"Mais honnêtement, je le sais."

Il la regarde avec incrédulité. Bien sûr, ce n'était qu'un mensonge. Les filles comme elle font des efforts ridicules pour s'assurer que ce n'est pas elles qui sont à blâmer.

"Combien de choses penses-tu avoir dans ta vie ?" dit-il brutalement, "Qu'est-ce qu'il y a en toi dont tu puisses te vanter ? Je peux faire venir n'importe quel type de l'université qui pourrait énumérer un millier de défauts chez toi. Il te suffit d'être heureux avec ce que tu es et de te moquer de ce que les autres pensent de toi. C'est ce que je suis, que tu le veuilles ou non..."

Elle continua à le regarder, un sourire fugace aux lèvres, sans broncher une seule fois alors qu'il lui assénait ces accusations, son ton prenant de plus en plus d'ampleur avec le temps. Finalement, alors qu'il s'arrêtait pour reprendre son souffle, elle reprit placidement, comme si rien ne s'était passé : "Je t'aime.

J'aime ta façon d'être, ta façon de te comporter avec les autres, ta façon de mener ta vie..."

Le fait qu'elle soit une fille a empêché Purab de la frapper, mais elle a continué nonchalamment, totalement inconsciente : "Peut-être que vous changez de rendez-vous plus souvent que vous ne changez de vêtements, mais vous l'avez fait savoir haut et fort d'un bout à l'autre de l'université. Contrairement à tant d'autres garçons qui traînent avec un bras autour d'une fille et qui rêvent ouvertement d'avoir la fille de leur meilleur ami à sa place..."

Hein ? Purab est trop choqué pour dire quoi que ce soit.

"Vous êtes considéré partout comme un tueur de femmes, un briseur de cœurs, un imposteur. Mais j'ai l'impression que vous êtes la personne la plus honnête de la couvée."

Elle était devenue folle ? Lui ? Honnête ?

"Tout le monde te connaît de l'intérieur. Tout le monde sait que tu traînes avec les filles tant qu'elles t'attirent. Il n'y a aucune chance que tu restes autrement. Donc, vous n'êtes certainement pas pour ceux qui cherchent le réconfort d'une vie et c'est là, à la vue de tout le monde, sans mâcher ses mots."

????Elle le félicitait ?

"Ce n'est pas la peine de vous demander un avenir. Tout le monde sait que vous n'êtes là que pour le présent. Vous reconnaissez au moins que l'avenir est très incertain. Aucun des hommes que j'ai vus ne se donne la peine de réfléchir avant de promettre la clause du bonheur éternel, juste pour obtenir le plaisir du moment, que tu dérives si facilement et si sincèrement."

"Ces vœux de mariage, de fiançailles, d'enfants, d'amour engagé qu'ils prononcent tout en sachant très bien qu'il n'y a aucune chance qu'ils soient d'accord le moment venu. Nous savons que la plupart des hommes en général sont phobiques de l'engagement, mais ils sont tous hypocritement opposés à cette déclaration. Vous êtes l'un des rares à avoir le courage d'admettre ce fait au grand jour sans aucune crainte et d'en affronter les répercussions. Comme un vrai homme..."

C'était peut-être lui qui devenait fou maintenant. Ce n'est certainement pas elle qui parle.

"Quand tu sors avec une femme, tu sais exactement ce que tu veux et combien de temps tu es prêt à lui offrir ta compagnie. Il y a tant d'hommes bien pires qui répètent sans cesse à leurs filles qu'ils ne veulent rien de tout cela, seulement leur cœur, leur amour et toutes ces conneries, et qui s'en vont sans préambule lorsqu'ils ont eu leur compte. De telles sangsues..." Siffla-t-elle.

Elle parlait comme si elle avait eu une expérience directe de ce genre de trahison. C'était pourtant quelque chose qui dépassait l'imagination.

"Ils emmènent leurs filles dans un manège et les abandonnent à mi-chemin en disant qu'elles ont fait un mauvais choix, puis ils sautent à leur prochain mauvais choix, laissant ces pauvres victimes avec une vie de misère. Passer quelques instants avec quelqu'un comme vous est tellement mieux. Lorsqu'une fille accepte de sortir avec vous, elle sait au moins à quoi s'attendre. Pas d'histoire d'amour merdique qui fait perdre du temps, juste un pur plaisir né d'une attirance mutuelle. Et si elle veut être à nouveau avec vous, c'est à elle de rester aussi attirante pour conserver votre intérêt, c'est aussi simple que cela. Vos directives sont claires, vous n'allez pas rester un instant de plus lorsque son temps est écoulé. Alors, si elle a fini par attendre de ces salauds ce qu'elle attend d'eux et par lui briser le cœur, c'est à elle qu'incombe la plus grande partie de la responsabilité..."

D'une certaine manière, cela ne donnait pas une très bonne image de son caractère. Mais sur quoi pouvait-il être en désaccord avec elle ? Elle avait tout expliqué aussi précisément que possible.

"Vous savez que c'est mauvais pour la santé, vous savez que vous ne devriez pas le faire et pourtant, si vous le faites et que vous avez un cancer, ce n'est pas entièrement la faute de la cigarette. Ces hommes, en revanche," dit-elle en haussant les épaules, "c'est comme manger des chocolats, aucun des éléments qui les composent n'est considéré comme mauvais pour la santé, alors on ne sait pas quand s'arrêter. En fait, pourquoi s'arrêter ? Ainsi, vous continuez à vous laisser tenter et à vous goinfrer jusqu'au jour où le poison s'infiltre dans votre sang et où vous êtes diagnostiqué diabétique. Vous passez alors le reste de votre vie à essayer de les éviter, en souhaitant que quelqu'un vous ait prévenu. Mais il n'y a rien. Rien du tout. Comme les cigarettes, les chocolats ne portent pas d'étiquettes d'avertissement sur leurs paquets", soupire-t-elle en secouant la tête, le regard perdu dans le lointain.

Elle se retourna vers lui, souriant avec une expression invisible dans ses yeux, était-ce de l'amusement ou de la tristesse ? "Je ne suis pas du tout contre les hommes comme vous, Purab. Il est toujours préférable d'être clair sur ce que l'on veut dans la vie et plus encore, de le faire comprendre aux autres..."

Sur ce, elle tourna les talons et commença à se diriger vers le MacDonald's. Purab la regarde en arrière, totalement abasourdi. Elle l'avait comparé à une cigarette, quelque chose de très dangereux pour la santé et une habitude que les filles, du moins celles de son groupe, désapprouvaient fortement. Et elle avait appelé les autres garçons des chocolats, ce qui excite toutes les femmes du monde. Et pourtant, elle disait qu'elle le préférait à eux ?

Que faisait-elle exactement ? Il est confus. Pensait-elle vraiment ce qu'elle disait ou avait-elle essayé de souligner tous ses défauts d'une manière sarcastique mais subtile ? Elle avait dit qu'elle l'aimait tel qu'il était, mais il n'était pas de meilleure humeur lorsqu'elle avait terminé son petit discours. Elle l'avait dépeint sous toutes ses facettes de manière détournée et dévalorisante. Mais comment ? Il n'y comprenait rien.

Il secoua la tête. De toute façon, il se moquait bien de ce qu'elle pensait de lui. Qui lui avait donné l'autorité de faire des commentaires sur lui ? Ce qui lui rappela qu'il n'y avait rien d'autre qu'il lui avait fait subir toute la journée.

Assez maladroitement, il se mit à marcher derrière elle et se rapprocha d'elle alors qu'ils atteignaient presque la porte du restaurant. Toujours incertain, il se racla la gorge : "Pamela ?"

"Oui ? Elle se retourna à moitié.

"Euh... je suis désolé si je t'ai dit quelque chose de dur sous le coup de la colère..."

"Oh, ce n'est pas la peine", elle se retourna vers lui en souriant, "Ce n'est pas la peine de donner de l'importance aux paroles de gens qui n'ont aucune importance dans votre vie..." Sur ce, elle se tourna vers la porte et l'ouvrit pour entrer.

L'attente est un peu longue

Le centre de restauration rapide était bondé de monde, sa nouveauté n'ayant même pas entamé sa popularité. Les tables regorgent de gens qui grignotent joyeusement des hamburgers, sirotent des boissons fraîches et bavardent. Les enfants couraient dans tous les sens en riant et en jouant avec leurs nouveaux jouets. La foule se pressait à tous les comptoirs de commande et une autre foule attendait de pouvoir y entrer. Comme c'est l'heure du goûter, l'établissement a fait fructifier la plupart de ses affaires.

L'irritation de Purab ne s'arrêtait pas devant ce joyeux spectacle. Il s'était déjà senti piqué par la tarte de Pamela et son moral s'était encore dégradé en voyant la foule et les faibles perspectives qu'elle offrait de passer un repas calme et paisible. D'un côté, c'était stupide. Il se moquait bien de ce qu'elle pensait de lui. Il était sorti avec elle à cause d'un pari et c'était tout. Il n'avait pas l'intention de la rencontrer, ni même de lui jeter un coup d'œil après la fin de la journée. Elle pouvait retourner à sa table, à sa tasse de thé et à ses notes. Et pourtant, il se sentait indescriptiblement blessé. N'avait-il rien appris d'elle pendant tout le temps qu'ils avaient passé ensemble ?

Allons, Purab, qu'est-ce que ça peut faire qu'elle ne te considère pas comme quelqu'un d'important ? Quelle importance a-t-elle pour toi de toute façon ? Mais la foule exaspérante et le vacarme du marché aux poissons qui les entourent n'arrangent en rien cette situation désolante. Pour la plus grande consternation de Purab, la file d'attente qu'ils ont rejointe s'est encore allongée, car les gens ont injustement fait entrer leurs amis, leurs amants et leurs parents, les poussant tous les deux presque jusqu'à la fin. Il serra les dents d'exaspération lorsque l'homme qui le précédait lui donna un coup de coude brutal, puis entraîna sa petite amie avec lui. La présence de Pamela à ses côtés, toujours aussi imperturbable, ne fit qu'ajouter de l'huile sur le feu.

Bien sûr, en quoi cela lui ferait-il mal qu'elle dise qu'elle ne trouve pas qu'il vaille la peine d'être écouté ? C'était même un soulagement, cela signifiait seulement qu'elle n'était pas du tout affectée par tous les commentaires qu'il avait fait plus tôt sur son apparence, son comportement, son style de vie. Mais alors, s'il ne pouvait pas supporter ne serait-ce qu'une seule odeur de sa désapprobation, comment pouvait-elle supporter les paroles plutôt salies qu'il lui avait adressées plus tôt ?

L'esprit de Purab avait envie d'éclater tandis qu'ils parvenaient à atteindre la fin de la file d'attente et à passer leurs commandes. Une autre demi-heure s'écoula péniblement alors qu'ils rejoignaient de nouvelles files d'attente pour recevoir leur nourriture. Malheureusement, le wrap que Pamela avait commandé n'était plus disponible au moment où ils arrivaient, ce qui signifiait 15 minutes supplémentaires pendant que le serveur se dépêchait d'aller chercher d'autres wraps dans la cuisine. Purab a eu envie de crier en disant qu'ils allaient devoir attendre 5 minutes de plus. Pamela s'est contentée de sourire et de dire que cela lui convenait, et il n'a pu que la tenir par les épaules et la secouer jusqu'à ce que ses dents claquent à l'intérieur de sa tête. Comment pouvait-elle se tenir ainsi et faire comme si rien ne s'était passé alors qu'il discernait une vague meurtrière balayer son cerveau ?

Enfin, les plateaux en main, tous deux commencèrent à se frayer un chemin à travers les tables bondées pour trouver leurs propres sièges. Là encore, Purab observait avec une frustration désespérante les clients qui, comme lui, s'emparaient de chaises plus accessibles et continuaient leur jeu déloyal consistant à réserver des places à leurs associés absents.

Le désespoir de la situation avait également atteint Pamela. La bouche crispée, elle suivait tranquillement Purab dans sa quête d'un lieu de repos. Elle s'illumina cependant lorsqu'ils aperçurent enfin une table avec deux chaises vides dans un coin et ils s'en emparèrent rapidement.

Purab, quant à lui, restait d'humeur sombre lorsqu'ils s'assirent tous les deux et commencèrent à manger. Il mâchait et avalait dans un silence morne tandis que Pamela continuait à bavarder bruyamment de ceci et de cela. Il écoutait à peine et marmonnait quelques gémissements anodins pour faire semblant d'écouter. Pamela parlait toujours et il était évident qu'elle avait senti l'ennui de son compagnon et qu'elle faisait des tentatives très superficielles pour le dérider. En d'autres circonstances, il y aurait prêté attention, mais après deux heures et demie de film merdique et quelques événements frustrants, il était décidément découragé et aucune tentative ne pourrait le dissuader de se réchauffer davantage à ce moment-là.

"Ton hamburger a l'air bon. Tu le commandes à chaque fois que tu viens au Macs ?"

"Ho hum....", il prenait tout ce qui lui tombait sous la main. Il ne connaissait même pas le nom de ce qu'il mangeait.

"J'aime essayer quelque chose de nouveau à chaque fois. J'ai mangé trop de hamburgers et de Mcpuffs. J'avais envie de changer."

"Bien", dit-il sans aucune émotion.

"Le wrap a un goût correct. Je pense que les hamburgers sont meilleurs..."

"Ça doit être ça..."

"Vous ne les avez pas essayés ?"

"Non", dit-il brièvement.

"Il y a tellement de monde ici..."

Merci de me le rappeler. "Euh..."

"On aurait peut-être pu essayer un autre endroit. Mais ça va maintenant. La nourriture est bonne et pas chère."

"Huh..."

"C'est devenu si étouffant ici. Pourquoi les gens ne partent-ils pas ?" Elle regarde autour d'elle. Elle prit une autre frite et la mâcha d'un air songeur. "Je suis trempée jusqu'aux os. La climatisation est-elle allumée ?" se plaint-elle.

"Aucune idée..."

Elle le regarde avec un peu de curiosité. Il ne croisa pas son regard mais continua à fixer le sol et prit une nouvelle bouchée de son hamburger. "Au moins, tu as une boisson non alcoolisée..." marmonne-t-elle en détournant le regard. Purab ne dit rien. Il continua à manger dans un silence de pierre.

"Purab..." entendit une voix hésitante.

"Oui ? demanda-t-il.

"Il fait vraiment chaud ici..."

"Oui, je sais..."

"J'ai envie d'un petit coup de mou..."

"Bien..."

Les deux se taisent. Quelques instants plus tard, Pamela reprend : "J'ai envie d'un petit coup de mou, Purab." Il la regarde à présent. "J'ai entendu..."

"Il y a vraiment beaucoup de monde..." dit-elle, un peu gênée.

"Oui, c'est vrai."

"Purab..." hésite-t-elle.

Purab savait déjà ce qu'elle laissait entendre. Elle voulait qu'il se lève et qu'il aille lui chercher cette glace. Il n'était pas question qu'il le fasse. Il se sentait déjà réduit en bouillie à ce moment-là, mais même s'il était de meilleure humeur, il ne pouvait pas insulter son amour-propre en allant jusqu'à cette extrémité. Il n'était pas son petit ami, ni même son cavalier, et à moins qu'elle ne le prenne pour son serviteur, il ne pouvait pas porter une atteinte plus grave à sa dignité. Après tout, Purab Chaddha avait une réputation à préserver. D'ailleurs, elle avait essayé de se montrer très intelligente, n'est-ce pas, en prétendant que la foule n'avait jamais existé ? Non, certainement pas, il allait délibérément éluder la question jusqu'à ce qu'elle le dise elle-même à haute voix.

"Purab...

Il ne répondit pas. Il a continué à manger son hamburger. Elle ne pensait pas que Purab Chaddha se lèverait et quitterait son siège pour elle. Pour qui se prenait-elle ? Il ne l'aurait même pas invitée à sortir s'il n'y avait pas eu ce pari stupide.

"Purab... euh...

Il n'avait aucune importance pour elle, n'est-ce pas ? Qu'est-ce qui s'est passé maintenant ? Vraiment, ces femmes, jusqu'où iraient-elles pour s'accrocher à leur hypocrisie ?

Pas très loin, en fin de compte. "Pourriez-vous... Pourriez-vous aller m'en chercher un ?"

Elle l'a dit ? Il lève les yeux sur elle pendant une seconde, puis retourne à son hamburger.

"Purab... s'il te plaît..."

"Va le chercher toi-même", dit-il brièvement.

"Mais...mais...", balbutie-t-elle, "il y a tellement de monde là-bas...".

Alors, ce ne sera pas la même chose pour lui ? Il avait la lèpre ou quelque chose comme ça pour que les gens s'enfuient en le voyant ?

"S'il te plaît Purab..., tu ne veux pas de douceur ?"

"Non.

"S'il te plaît..."

"Va te faire voir", dit-il brutalement, cette fois un peu plus fort qu'avant.

Elle soupire et se lève, "Oui, c'était injuste de ma part de te le demander".

Purab la regarda partir et rejoindre la file d'attente pour les glaces. C'était triste, mais il en avait assez. Il ne pouvait pas s'incliner devant elle après tout ce qu'elle avait dit. D'ailleurs, que diraient les gens s'ils découvraient que Pamela Chopra faisait manger Purab dans ses mains ?

Pamela attendait patiemment au bout de la file d'attente, son désir d'une glace étant décuplé par son gosier desséché et par la photo très appétissante d'une friandise accrochée au comptoir qui lui avait fait un clin d'œil invitant lorsqu'elle avait jeté un coup d'œil autour d'elle. Elle s'était sentie plutôt vexée par la façon dont Purab s'était comporté avec elle, n'ayant jamais imaginé dans ses rêves les plus fous qu'il puisse être aussi impoli. Qu'est-ce que cet homme pouvait bien avoir de séduisant pour les filles ? pensa-t-elle avec colère en se dirigeant vers le comptoir.

Mais pour être honnête, il avait supporté en silence un film épouvantable pour elle. Il n'avait pas semblé satisfait de l'endroit mais avait continué à attendre lorsque sa commande avait été retardée. Et puis, elle n'avait pas le droit de lui demander une glace alors qu'il n'en avait jamais voulu. La foule était en effet une gêne terrible et il n'était manifestement pas de très bonne humeur lorsqu'elle lui avait fait cette témérité.

D'ailleurs, qui était-il pour lui faire une demande aussi stupide ? Jamais elle n'aurait fait une chose pareille. Mais au fil des jours, son esprit s'était peu à peu libéré de toutes ses inhibitions et avait trouvé ce genre d'audace. C'est peut-être là que réside la soi-disant magie de Purab Chaddha.

Sa fureur s'était quelque peu calmée et, réalisant la futilité de l'impatience dans une situation comme la sienne, Pamela se détendit un peu plus. Elle n'aurait jamais dû le faire. Mais elle se sentait si paresseuse que....

Elle regarda devant elle, puis en arrière, vers la file d'attente illimitée où elle se trouvait. Elle tapa du pied pendant quelques secondes, sourit à un mignon bébé joufflu qui se trouvait quelques têtes devant elle, puis jeta un coup d'œil anxieux vers l'avant. Alors que les minutes s'écoulaient lentement et que la file d'attente avançait à pas de tortue, elle commença à se sentir à nouveau nerveuse et à regarder autour d'elle, juste pour s'occuper.

Elle jeta un coup d'œil à Purab, qui prenait paisiblement son repas, et envisagea d'y retourner plutôt que de rester dans cette file d'attente moite. Mais elle avait presque atteint le milieu et il serait stupide de sortir maintenant. Elle soupira et se tourna sur le côté, parcourant des yeux les hordes de tables occupées avec leurs divers clients.

"Quelqu'un a faim..." le ton de baryton la fit presque sursauter et elle se tourna directement vers la gorge d'où il émanait. Un frisson lui parcourut l'échine et un souffle inaudible quitta ses lèvres lorsque les yeux de Pamela s'accrochèrent à ceux de sa brûlante voisine d'en face.

Nous avons de la concurrence

Il venait d'emménager il y a quelques mois dans le vieux bungalow inoccupé situé en face de chez elle. Grand, brun, beau, avec une carrure athlétique et un sourire charmant, le cœur de Pamela s'est emballé lorsqu'elle l'a vu pour la première fois et s'est immédiatement écrasé lorsqu'elle a aperçu sa jolie femme qui passait le portail à côté d'elle. De nombreuses informations sur lui lui avaient été communiquées par des voisines tout aussi éblouies.

Il travaillait dans un centre d'appel, la plupart du temps de nuit. Il aspirait également à devenir mannequin et acteur. Aucun spectacle de Ludhiana n'était complet sans lui. Il a également participé à la fête de la mode de Djinn. En ce moment, il travaillait dur pour percer à Bollywood ou à la télévision. Son corps pouvait endosser des costumes occidentaux avec aisance, tandis que son visage indien robuste donnait plus d'attrait aux kurtas et sherwanis traditionnels. Sa voix légèrement teintée d'un accent fait battre le cœur de nombreuses jeunes filles.

Pamela, seule, ne savait rien. Elle se sentait trop timide et trop renfermée pour s'approcher de leur maison, bien que sa mère l'ait encouragée à plusieurs reprises à fréquenter des gens de son âge. Elle ne le voyait pratiquement pas, l'université et ses notes l'occupant. Ce n'est qu'une fois de temps en temps, le matin, en partant pour l'université, qu'elle le croisait en revenant de son jogging. Il lui souriait ou lui faisait une sorte de salut en rentrant chez lui, tandis qu'elle souriait timidement et hochait à moitié la tête.

Le rencontrer ici, dans ces circonstances, était une chose à laquelle elle ne s'attendait pas. Ses lèvres frémissaient, sa gorge s'asséchait faute de pouvoir dire quoi que ce soit. Il lui sourit et elle baissa timidement les paupières. "Bien que je doive dire que vous rencontrer ici n'est pas la phrase que je devrais dire, mais cela semble être la phrase la plus appropriée pour commencer."

Il avait certainement du style, Pamela leva les yeux vers son visage, placé à environ un pied plus haut que le sien et sourit. "Qu'est-ce que vous faites ici est une question idiote à poser, tant l'environnement est évident et la façon dont vous êtes arrivé ici me semble plus appropriée..."

"Je suis venue ici pour voir un film...", dit-elle lentement et timidement, "J'ai décidé de prendre un en-cas".

"Mais bien sûr, c'est la façon la plus naturelle de prendre. Cela donne cependant une raison de traiter tous les hommes de la ville d'imbéciles certifiés pour t'avoir laissée faire ça toute seule."

La chaleur a brûlé le visage de Pamela et elle n'avait certainement pas idée à quel point elle était mignonne à ce moment-là, ses joues étaient gonflées comme deux grosses tomates. Elle tremblait sous l'aura de l'homme qui se tenait devant elle et parvint à balbutier "Oh...n...". Non, je ne suis pas seule. Je suis venue avec un ami..." Elle leva la main en direction de Purab.

Il haussa les sourcils et regarda Purab qui, totalement inconscient, sirotait paisiblement sa boisson fraîche après s'être débarrassé de ses hamburgers. "Je suppose qu'il n'a plus de moyens de subsistance...", dit-il en fronçant les sourcils.

Elle sourit, "Ce n'est pas pour lui. Je voulais un peu de douceur..."

"Et il t'a obligée à aller la chercher ? Il possède une bonne paire de jambes, j'espère ?"

"Bien sûr, il en a... C'est moi qui voulais la glace."

"Je suppose qu'il possède un plus gros et plus paresseux derrière que ses jambes."

"Non...non, j'ai ....", elle ne voulait pas donner une impression aussi désagréable de son rendez-vous, même si elle était fausse, à quelqu'un comme lui, "j'avais besoin de montrer que je n'en ai pas...".

"Et par ricochet qu'il n'a pas de manières non plus...."

Elle tressaillit. Elle avait presque l'impression qu'il l'avait insultée alors qu'il disait la vérité, alors que c'était ce qu'elle pensait elle-même il y a quelques instants.

"Il était juste..." dit-elle sur la défensive, "un peu trop fatigué".

"Alors il n'a plus la possibilité de récupérer. Un seul coup d'œil suffit à faire disparaître toute fatigue."

Pamela se tortille maladroitement. Tout ce flirt la mettait mal à l'aise. "Qu'est-ce qui t'amène ici ? dit-elle pour changer de sujet.

Il lui montra à nouveau ses fossettes. Levant une main, il tapota son ventre plat, "Les raisons sont les mêmes que les vôtres, señorita", dit-il avec un fort accent, ce qui la fit sourire, "Sis a décidé de faire la grève aujourd'hui et j'ai décidé que plutôt que de m'empoisonner avec mon horrible cuisine, il valait mieux mourir avec ces ooh-la-la hamburgers enrobés de graisse..."

Elle rit. Bien sûr, quelle vie trépidante que celle de ces mannequins, avec en plus l'inconvénient de se tenir à l'écart de toutes ces tentations. "Vous venez seul ? demanda-t-elle. Il fit la grimace : "Malheureusement, je n'ai personne pour qui je ne me fatiguerai pas à aller chercher une glace...".

Oh, oh. Ils s'aventuraient à nouveau sur un terrain dangereux. "Vous devez venir ici assez souvent...", dit-elle précipitamment. Il sourit, "Cela pourrait vous surprendre, mais mes photographies sont arrivées ici avant moi." C'était vrai. Pamela avait vu plusieurs de ses photos où il souriait et s'exhibait devant les clients à l'extérieur de différents magasins de vêtements. "Et bien que j'aie été mannequin pour un certain nombre de marques ici, c'est vraiment la première fois que je viens ici."

"Oh...voyons..." protesta-t-elle immédiatement. Il était difficile de croire qu'il n'était jamais venu ici auparavant. Tout le monde n'a pas la même chance qu'elle, et surtout pas tout le monde. "Vous ne pouvez pas être..." s'arrêta-t-elle. Il la regarda, très amusé, tandis qu'elle écarquillait les yeux de surprise. "Sis ????"

Son repas enfin terminé, Purab avait perdu son calme et considérait avec un peu de peine et de culpabilité ce qui s'était passé il y a quelques instants. Ce n'était pas le comportement d'un homme. Qu'elle soit l'une de ces filles avec lesquelles aucun homme n'aimerait être vu mort, cela signifiait-il qu'il ne fallait lui accorder aucun respect ou considération ? Il avait fait des queues bien plus longues pour obtenir des choses pour ses autres rendez-vous, ce n'était pas un problème de le faire maintenant. Qu'est-ce qu'Aastha avait dit ? Il devait maintenir son intérêt tout au long du rendez-vous s'il voulait gagner ce pari. Et il s'était laissé dominer par un film de pacotille ? C'était un miracle qu'elle ne l'ait pas quitté et qu'elle ne soit pas rentrée chez elle après la façon dont il lui avait parlé.

Il était temps d'arranger les choses. Il irait la voir, s'excuserait, échangerait sa place avec elle dans la file d'attente et lui obtiendrait cette douceur. Il ferait mieux de se dépêcher, cela ne servirait à rien si elle était déjà arrivée au bout. Il se tourna pour obtenir une confirmation et se redressa.

Toute la bonne volonté accumulée fut balayée et une nouvelle vague d'indignation déferla sur Purab tandis qu'il regardait fixement ce spectacle. Il connaissait bien ce genre d'hommes ; ce n'était pas la première fois qu'il avait affaire à eux.

Cheveux épais, barbe drue d'une semaine, chemise sans manche au décolleté plongeant, biceps apparents gonflés aux stéroïdes. Tous ces attributs sont détestables pour toutes les femmes, mais chez cet homme, ils forment une combinaison mortelle à laquelle aucune femme ne peut résister. Au cours de ses escapades de flirt, Purab avait eu affaire à toutes sortes de prétendants, mais c'est cette race d'hommes qu'il détestait le plus.

Il était vénéré et salué partout pour le nombre de conquêtes qu'il avait faites à lui seul parmi les femmes, mais Dieu sait que ce n'était pas un travail facile. Il fallait beaucoup de sueur et de piment pour faire la cour à une fille et entrer dans sa peau. Le succès que lui et les hommes de son espèce ont connu a été obtenu au prix d'efforts tumultueux. Mais ce n'était pas le cas de ces hommes qui, par leur seule présence, pouvaient faire fi de tout cela et se glisser dans le cœur de toutes les filles avec une facilité déconcertante. C'était un magnétisme inhérent qu'ils possédaient et qui leur donnait l'avantage injuste d'aller de l'avant sans même lever le petit doigt.

Purab n'était pas un lâche ; il savait se battre et se battre très bien pour ce qui lui revenait de droit. Mais que faire lorsque l'ennemi a déjà pillé avant même d'avoir levé son arme ? Quelle chance avait-il avec ses chamailleries et même ses supplications quand tout ce que l'autre demandait, c'était d'être là ?

Il regardait maintenant avec une colère impuissante Pamela et cet étranger discuter et rire, leur intimité croissante le transperçant comme un coup de poignard. Le sourire de Pamela n'avait jamais été aussi éclatant et sa largeur augmentait à chaque phrase de son nouveau compagnon. Elle était également plus jolie qu'auparavant, son visage rayonnant du plaisir évident de l'intérêt masculin, ce qui ne faisait qu'intensifier les efforts de l'autre homme pour la rendre totalement absorbée par ses paroles séduisantes. Comment pouvait-elle faire cela, pensa-t-il avec colère, elle était son rendez-vous du jour, comment pouvait-elle oublier tout ce qu'il avait fait pour elle, tout le temps qu'il lui avait fait perdre et s'enfuir comme ça, littéralement dans les bras d'un autre homme ?

Mais alors, qui était vraiment à blâmer pour ce désastre ? S'il avait accepté de se lever et d'aller chercher sa douce, rien de tout cela ne serait arrivé. En fait, il n'avait fait qu'empirer la situation en lui parlant grossièrement. Un cœur blessé était le plus facile à faire fondre et c'était un jeu d'enfant pour quelqu'un d'aussi chaud que lui. Et maintenant qu'il s'emparait de son esprit, il ne lui restait plus beaucoup de temps pour mettre les choses au clair.

Alors que Purab se demandait comment il allait faire face à ce nouvel obstacle, l'homme a nonchalamment fait une manœuvre fatale en s'écartant et en demandant poliment et élégamment à Pamela de prendre sa place. Une chaleur brillait dans les yeux de Pamela qui acceptait timidement son offre et faisait un pas en avant, une chaleur que Purab n'avait jamais vue dans toutes les tactiques qu'il avait employées pour lui plaire tout au long de la journée et le fait même qu'il n'ait pas eu la chance de s'en délecter le déprimait décidément.

Il se détourna et fixa la paroi vitrée, réalisant qu'il était trop tard pour agir maintenant que la bataille était déjà gagnée, mijotant une rage inexplicable, désireux d'aller frapper ce barbu ou plutôt, lui-même. Si seulement il avait sacrifié un peu de sa paresse pour une petite douceur afin d'éviter tout cela. Tous ses efforts, tout était tombé à l'eau. Et bizarrement, ce n'était pas la seule raison pour laquelle il s'énervait.........

Quelques minutes plus tard, Pamela arriva en léchant un softy, les yeux toujours fixés dans la direction où elle avait laissé son ancien compagnon. Purab regarde le sourire qui se dessine sur ses lèvres alors qu'elle s'assoit, l'esprit en proie à la rage et à la douleur. Pamela continuait à détourner le regard, les joues rougies par la joie. "On dirait que tu as passé un bon moment", fit-il remarquer un peu plus tard, n'en pouvant plus.

"Hein ?" Pamela se tourna vers lui, distraite, "Oh," elle sourit, comprenant l'irritation évidente de l'homme, "Je suis tombée sur un de mes amis. C'est mon voisin. Il vit dans la maison en face de la mienne."

Cela n'apporta aucun soulagement à son âme troublée, "Beaucoup de choses dont vous parliez."

"Oh, pas grand-chose", sourit-elle, "Juste ceci et cela..."

"Il a oublié quelque chose, n'est-ce pas ? Il est sorti de la file d'attente, j'ai vu...."

"Oh, il a fait ça pour me laisser prendre sa place."

"Oh..." dit-il d'un ton morne, "Tu lui as dit que tu étais pressé ?"

"Non, pourquoi je ferais ça ?" dit-elle, "Il n'y avait pas d'urgence..."

"Il a fait ça de sa propre initiative ?" demanda-t-il en essayant de paraître surpris, comme si c'était tout à fait anormal pour un homme.

"C'est gentil de sa part", dit-elle en rayonnant, ses yeux le cherchant à nouveau dans la foule dense, "Il n'avait pas besoin de le faire, mais ça m'a fait du bien...". Il n'avait pas besoin de le faire, mais c'était bon..." Elle esquisse un sourire rêveur.

Purab la regarda avec désespoir : la galanterie était une arme totalement dépassée par rapport aux normes d'aujourd'hui, mais son tranchant restait intact. Une fille d'aujourd'hui ne cherche pas un homme qui lui ouvre la porte de la voiture pour qu'elle en sorte, mais elle ne réfléchit pas à deux fois avant de le préférer à un homme qui ne le fait pas.

Vous êtes un idiot, Purab Chaddha, un vrai crétin. Une erreur commise par ignorance peut encore être pardonnée, mais une erreur commise en toute connaissance de cause, en plein jour, les yeux ouverts, n'est rien de moins qu'un péché.

"C'était agréable de lui parler", murmura Pamela, sa voix ne trahissant pas la moindre parcelle de ses émotions, son esprit étant encore perdu dans les pensées de ce séduisant inconnu.

"Et tu n'as jamais pensé qu'il était si beau", termina Purab d'un ton exaspéré et ennuyé.

Elle se tourna alors vers lui : " Non ", dit-elle brièvement avant de se détourner à nouveau, " Je ne savais pas qu'il était célibataire... ", conclut-elle avec un soupir.

Purab la dévisagea, puis haussa les épaules, se préparant à toutes les répercussions de la décision stupide qu'il avait prise. Bien sûr, il n'y avait aucune excuse pour avoir enfreint la règle fondamentale - toujours suivre la fille. Il avait toujours su que cela permettait de maintenir l'intérêt des filles, mais maintenant qu'il regardait Pamela, il se rendait compte qu'il ne s'intéressait qu'à lui.

Dessiner la cible

Pamela attendait à l'autre bout du gigantesque centre commercial, cherchant Purab du regard. Il vient de lui demander d'attendre et disparaît soudainement dans le flot de personnes qui sortent du bâtiment, la laissant mystifiée et désemparée. Qu'est-ce qui s'est passé maintenant ? se demanda-t-elle. La journée était terminée et elle avait été agréable. Elle ne pouvait qu'espérer qu'elle l'avait été pour lui aussi, bien qu'elle n'ait rien fait pour qu'il en soit ainsi, contrairement à lui. C'était peut-être là la raison pour laquelle les garçons comme lui ne choisissaient jamais les filles comme elle.

"Ta-dah !", une silhouette sauta devant elle, la faisant perdre la tête. Elle se tortille et laisse échapper une petite exclamation avant de réaliser que ce n'est que Purab qui tient un softy devant elle.

"Qu'est-ce que c'est ? demanda-t-elle, surprise.

"Une offrande de paix", dit-il en souriant. Œil pour œil, dent pour dent, molosse pour molosse.

"Qu'est-ce qui s'est passé ?" Elle est déconcertée.

"Rien. Je voulais m'excuser pour mon mauvais comportement au restaurant."

"Mauvais comportement ?"

Bien sûr, pourquoi s'en souviendrait-elle ? Ça lui a donné l'occasion de tomber sur ce salaud.

"Tu voulais que je t'offre un softy et j'ai refusé. Je suis vraiment désolé...", a-t-il ajouté.

"Il n'y a pas de raison d'être désolé. Tu étais fatiguée..."

"Toi aussi. Et pourtant, je t'ai fait partir..."

"Pourquoi pas ? C'est moi qui l'ai voulu..."

La situation était délicate. N'importe quelle autre fille se serait mise à crier à tue-tête, lui donnant un cours accéléré sur l'étiquette.

"Mais quand même, persiste-t-il, je n'aurais pas dû te parler comme ça. Je suis désolé, je t'en ai pris un autre."

"Non, merci", dit-elle en secouant la tête, puis elle commence à descendre les grandes marches de marbre en direction de la rue principale.

"S'il vous plaît Pam", dit Purab, "Je suis désolé..."

"Tu n'as pas besoin de l'être...", dit-elle en continuant à marcher.

"Si, je le suis. S'il te plaît, pardonne-moi...."

"C'est bon...."

"Alors prenez ceci", lui propose-t-il.

"Non merci", répète-t-elle.

"Pourquoi ?

"Je viens d'avoir un coup de mou, Purab", lui rappelle-t-elle.

"Et alors ?"

"Je ne peux pas en avoir un autre..."

"Pourquoi pas ?" Quelle fille ne sauterait pas sur l'occasion d'avoir une autre glace, qui plus est gratuite ?

"Je ne peux pas. C'est gentil, mais non". dit-elle fermement.

Elle avait aussi qualifié cet homme de gentil. Ce qui signifiait qu'ils étaient sur un pied d'égalité maintenant.

"S'il te plaît Pam...."

"C'est bon, Purab. Je ne veux pas de glace."

"Ce qui veut dire que tu ne m'as pas pardonné ?"

"Bien sûr que si", dit-elle en se tournant vers lui, avant d'ajouter brusquement : "Je veux dire qu'il n'y a rien à pardonner."

Si, il n'y a rien à pardonner. Il devait se pardonner à lui-même de l'avoir laissée s'éloigner de lui comme ça.

"Et donc, tu ne veux pas accepter mes excuses", dit-il d'un air abattu.

"Purab ! dit-elle exaspérée, arrête de faire l'idiot......

"Alors maintenant, je suis bête aussi", s'offusque-t-il, "De nos jours, s'excuser, c'est bête..."

"Non, ce n'est pas le cas", dit-elle avec colère.

"Il lui montre à nouveau la glace, qui commence à fondre et à couler sur le papier de soie qui entoure le cône.

"Pourquoi ? J'ai dit que je n'en voulais pas..."

"Parce que je suis vraiment désolé", il fallait qu'il lui sorte cet homme de la tête. En tout cas.

"C'est moi qui devrais m'excuser", dit-elle en soupirant, "J'ai rendu cette journée si horrible pour toi, en te faisant regarder ce film pourri, en te faisant perdre tout ton temps, en te donnant des ordres comme si..."

"Et maintenant tu regrettes d'être sortie avec moi..." dit-il d'un ton accusateur et commença à marcher.

Elle se précipite derrière lui : "Non Purab, qu'est-ce qui t'a fait penser ça ?" Elle est horrifiée.

"Qu'est-ce que je devrais penser d'autre ? Il se fâche, "Bien sûr, c'est pour cela que tu ne me prends plus au sérieux..."

"Qui a dit ça ?"

"Personne n'a besoin de dire quoi que ce soit. Je ne suis pas idiot au point de ne pas savoir lire entre les lignes..."

"Je ne comprends pas..."

"Vous ne comprenez pas, n'est-ce pas ?" dit-il d'un ton irrité, "une petite impertinence de ma part, et vous devez me mettre sur la sellette pour toute la journée."

"Je ne comprends toujours pas", dit-elle d'un ton hésitant.

"Vous n'y arriverez jamais. Tout ce que tu peux faire, c'est te trouver des défauts pour trouver une excuse pour la journée. Pour me dire indirectement que j'ai échoué. Que je n'ai pas réussi à atteindre les normes."

"Quelles normes ? De quoi tu parles ?"

Il était entré dans une colère noire lorsqu'elle avait tenté de lui faire croire qu'elle n'en valait pas la peine. Il savait que c'était un désastre, un échec total, mais elle était aussi un être humain et devait être traitée comme tel. Et puis bon sang, ce n'était pas du tout sa faute.

"L'épreuve de l'amitié que nous avons commencée le jour même. Je sais que tu ne m'as pas encore mis sur ce piédestal mais cela ne me prive pas du droit de te donner cette importance pour faire quelque chose pour ton bien."

"Mais tu en as déjà trop fait", a-t-elle protesté, "en fait, tu as dépassé les bornes....".

"C'est ce que tu dois dire", dit-il d'un air maussade, "mais je sais ce que tu penses vraiment..." Il s'éloigne à nouveau d'elle.

"Pourquoi tant d'agitation pour une mauviette ? demanda-t-elle alors qu'ils s'engageaient tous deux sur la route.

"Pourquoi me demander à moi ?" Il s'est retourné vers elle, "C'est toi qui l'as créé".

Elle le regarda fixement, "Tu m'as vu en avoir un. Pourquoi en as-tu acheté un autre ?"

"Et quel est le problème pour toi d'en avoir un de plus ? Cela ne va pas augmenter ton poids de 10 kg..."

"Non .... mais," elle hésite, "le goût du dernier est toujours présent...."

"Oui .... et celui de mon comportement grossier aussi. Assez pour vous faire oublier le reste de la journée en une minute ...."

"Non..." proteste-t-elle.

"Contrairement à ce que tu pourrais penser, je me méfie certainement du fait que je me suis mal comporté avec un ami avec qui j'ai passé une journée mémorable...." il savait qu'il ne mentait pas, "Et je veux me racheter. Mais comment pouvais-je savoir que j'avais à peine fait de l'effet sur toi dans ma mission de prouver que j'étais digne de ton amitié pour qu'un seul écart puisse être facilement pardonné et oublié."

"Pourquoi pensez-vous que c'est le cas ?"

"Alors pourquoi n'acceptes-tu pas mes excuses ?"

"Mais il n'y en a pas besoin..."

"Tu recommences..." dit-il avec colère et se détourna, "Comme tu veux..."

Il commença à s'éloigner. Peut-être était-il en effet en train d'exagérer, il y réfléchit une seconde, il n'y avait aucune raison de se comporter de manière aussi mesquine, elle disait de toute façon que cela n'avait pas d'importance.

Mais pour lui, c'était important. Il avait besoin qu'elle ait une impression durable de lui lorsqu'elle s'éloignerait à la fin de la journée. Au moins pour un jour, personne d'autre ne pourrait l'avoir.

"Pourquoi tu mets notre amitié sur le même plan qu'une stupide glace ? protesta-t-elle.

Il se retourna vers elle. "Alors maintenant, tout ce qui est fait pour un ami est stupide ? De toute façon," dit-il en haussant les épaules, "personne ne sait à quel point tu ressens la même chose".

"Mais pourquoi ? Pourquoi mon refus d'accepter une courtoisie vous fait-il supposer tant de choses sur ce que je ressens pour vous ?"

"Alors disons les choses telles qu'elles sont", l'interpelle-t-il. "Que ressentez-vous donc pour moi ?"

"Eh bien", elle hésite.

"Allez Pam", l'exhorte-t-il, "la journée touche à sa fin. J'ai laissé éclater mes couleurs, que pensez-vous de l'ensemble ? Cela vaut-il la peine d'y jeter un second coup d'œil ?"

En y réfléchissant, il était vraiment curieux de le savoir. Que pensait-elle vraiment de lui ?

"Je ne pense pas que ce soit très important....." dit-elle lentement.

La cible regarde l'appât

Il n'était plus en colère. Il savait mieux que quiconque ce qu'il fallait faire face à quelqu'un comme elle. Seulement un peu blessé, peut-être. Mais certainement pas en colère.

"Bien sûr que non. Tes livres sans vie, ces notes stockées depuis longtemps, même l'air qui t'entoure a plus d'importance qu'un insignifiant brin d'être humain comme moi..." dit-il, un peu dépité.

"Purab....", elle le regarde, totalement sidérée.

"Non... c'est bon, Pam", lui dit-il, "j'apprécie ta franchise. J'aime savoir ce que les gens pensent de moi, que ce soit une vérité moins agréable ou non. Dieu sait combien de problèmes cela pourrait m'éviter si les autres filles étaient aussi honnêtes que toi..."

"Mais..."

"Je ne vais pas nier que je ne suis pas très satisfaite de la situation telle qu'elle se présente. C'est de ma faute et j'accepte ce fait ainsi que ma défaite. Je suppose que j'ai deux excuses à présenter maintenant, mais je ne suis pas sûr d'avoir encore une raison après la réponse que vous avez apportée à ma question inexprimée il y a bien longtemps..."

"De quoi...de quoi parlez-vous ?" Elle parut à nouveau confuse.

"Peut-être que cette courtoisie était vraiment un gâchis," il regarda la glace à moitié fondue, "Qu'est-ce qui m'a fait penser que tu l'accepterais ? Alors que tout ce que je dis n'a aucun sens pour toi", il la regarda à nouveau, "pourquoi dois-je être si stupide pour penser que je dois m'excuser ?"

"Qui a dit que tes paroles n'avaient pas de sens pour moi ? demanda-t-elle doucement.

Elle était vraiment oublieuse, n'est-ce pas ? C'était à se demander comment elle parvenait à rester en tête de liste.

"D'une certaine manière, c'est une bonne chose, concéda-t-il, cela a permis de s'assurer que tu n'étais pas du tout affectée par certains mots plutôt blessants que j'avais prononcés. Mais c'est une vérité cruelle que seuls les actes de ceux qui comptent pour nous comptent. Vous m'avez fait comprendre la situation avant que nous n'entrions dans le restaurant. C'est encore moi qui..." il s'interrompt, "Peu importe..." il s'irrite et se détourne d'elle.

Il y eut une courte pause. Puis il entendit sa voix douce et sans hésitation : "On dirait que ce que je t'ai dit au MacDonald's t'a contrarié. Je me demandais pourquoi tu n'y avais pas prêté attention. Maintenant, je me rends compte que tu l'as pris dans un sens tout à fait différent."

Il se retourna et la regarda d'un air interrogateur. Il n'était pas sourd. Il avait compris sa phrase. Avait-elle voulu dire autre chose dans un code extraterrestre ?

Elle sourit d'un air amusé en parlant : "La remarque que j'ai faite ne me concernait pas du tout, Purab. C'était simplement une suggestion pour vous."

Purab est stupéfait. "Moi ? Pourquoi ? Je ne..."

"Ce que je voulais dire, c'est que tu ne devrais pas prêter attention à ce que les gens comme moi ont à dire", dit-elle calmement, "Cela n'a aucune importance..."

Qu'est-ce que tout cela signifie ? Quel est le nouveau jeu de cette femme ?

"Je sais que j'ai fait une erreur en abordant ce sujet", poursuivit-elle, "mais ce n'était pas un plan prémédité et j'ai juste pataugé là-dedans".

Le sujet ? Quel sujet ? Il se souvint alors lentement de la remarque qu'elle avait faite à propos de sa simulation convaincante d'avoir jamais cru en l'amour.

"Tu as été blessée. Je me suis sentie vraiment mal. Tu avais décidé de me tendre la main de l'amitié et j'avais..." soupira-t-elle.

Il se sentait mal lui aussi. Il avait réagi de façon plutôt exagérée.

"C'est parce que tu es différent des autres. Tu veux que tout le monde autour de toi soit ton ami. Et vous voulez mettre l'accent sur tous les aspects de votre vie." Et soudain, Purab se rendit compte qu'elle le regardait avec la même chaleur que celle avec laquelle elle avait regardé cet étranger intrus. Ironiquement, il n'était pas en mesure de l'accueillir maintenant.

"C'est gentil de ta part, mais tu ne devrais pas en faire trop. J'ai compris que c'était allé un peu trop loin quand tu t'es excusé auprès de moi. Je n'avais pas du tout l'intention de te blesser. Mais au ton avec lequel tu as dit cela, j'ai compris que tu réfléchissais trop à ce que j'avais dit. Ce qui m'a encore plus attristé, c'est que cela t'a poussé à me présenter tes excuses. Pourquoi aurais-tu fait cela ? Pourquoi ?

Pourquoi ne le ferait-il pas ? pensa-t-il, stupéfait. Lorsqu'on commet une erreur, est-il interdit de la rectifier ?

"Et maintenant, tu recommences", dit-elle, déprimée, en regardant la glace, "alors que je t'avais injustement ordonné de me donner une glace dont je n'avais absolument pas le droit de me servir".

Elle ne l'avait pas vraiment ordonné. C'était une demande polie qu'il avait refusée de la manière la plus incongrue, pensa-t-il, un peu honteux.

"Tu es comme le roi invincible de tous les cœurs. S'abaisser à de telles bassesses, qui plus est pour mon bien, ne vous convient certainement pas."

Il n'arrivait pas à se décider. Le félicitait-elle ou se moquait-elle de lui ?

"Les gens ne sont pas idiots, Purab, lorsqu'ils m'ignorent et m'insultent. Tu avais raison, c'est parce que je reste dans l'ombre, que je n'ai pas la moindre idée de ce qu'il faut faire pour être attirant, que je n'ai pas le moindre attribut pour soutenir l'intérêt de quelqu'un. Et le pire, c'est que je ne peux pas me changer. Non pas que je sois si malheureuse, mais je me demande souvent si cette solitude forcée n'est pas plus que ce que j'en attendais". Elle soupire.

Puis elle sourit : "Mais vous savez quoi, ce n'est pas le cas. Les gens ont bien d'autres choses à faire que de s'intéresser à quelqu'un d'aussi indigne que moi. Et c'est aussi bien que je me rende compte que je n'ai pas du tout la capacité d'avoir une quelconque signification pour quelqu'un. C'est de ma faute si j'ai eu la témérité de penser que je pouvais faire un essai. Et en retour, j'ai fini par te faire du mal", ses yeux brillaient tandis qu'elle parlait, la lumière de la caresse était si brillante que Purab sentit une vague d'incompréhension le rendre soudain trop petit dans la béance de ses actes.

Que faisait-il ? Tout cela pour un pari stupide ? La vérité sur les lèvres de quelqu'un ne l'avait jamais piqué avec le contraste flagrant du mensonge perpétuel qu'il projetait pour équilibrer sa balance d'attractivité aux yeux des autres.

"Tu m'as fait comprendre ma folie, Purab. Tu es trop gentil pour accepter tous mes problèmes et mes défauts, mais c'est trop pour moi. La journée m'a montré que tu es bien trop au-dessus pour quelqu'un comme moi. J'ai tout gâché. Je sais que tu regrettes déjà de ne pas être partie avec moi. Et tu as raison. N'importe qui d'autre t'aurait fait passer un moment bien plus intéressant et agréable. Alors pourquoi t'acharner sur moi ? Ne sois pas si peiné à cause de moi, Purab. Quand tu sais que seuls ceux qui ont le pouvoir de te blesser sont ceux qui comptent le plus pour toi".

Purab la dévisagea, consterné. C'était lui qui lui avait fait du mal. Plutôt que de lui faire passer un moment mémorable, il l'avait plongée dans une misère encore plus grande que celle dans laquelle elle avait vécu jusqu'à présent. Vu la façon dont les autres s'étaient comportés avec elle, elle s'était mise à croire qu'elle ne méritait aucune considération. La solitude dans laquelle elle avait vécu était son destin, l'absence de gens dans son monde une conséquence de ses imperfections assez flagrantes. Avec la façon dont il s'était comporté avec elle tout au long de la journée, il n'avait fait que renforcer cette croyance.

Plutôt que de chasser toute cette blessure qui était restée bloquée dans son esprit pendant des jours, il l'avait enfoncée au plus profond d'elle-même. Tout cela pour prouver à une maudite femme qu'il pouvait sortir avec cette fille malgré le fait qu'il deviendrait la risée de toute l'université si quelqu'un l'apprenait.

Ce n'était pourtant pas totalement la faute de tout le monde. La fille était une solitaire compulsive, n'ayant aucun intérêt à s'ouvrir et à laisser les autres s'ouvrir à elle. Et même s'ils le faisaient, elle ne faisait rien pour susciter un tel intérêt chez eux. L'inattention presque coupable qu'elle portait à son apparence, à son comportement, l'entêtement stupide qu'elle mettait à s'accrocher à son amour-propre alors qu'elle n'avait vraiment rien à se mettre sous la dent avaient déjà fait d'elle la cible de toutes les plaisanteries. Son indifférence totale à l'égard de la situation n'a fait qu'inciter les garçons de B.T. à la transformer en un spécimen pour l'entraînement au tir.

Pourtant, ces garçons, dans leurs horribles atrocités, avaient eu raison de lui dire la vérité telle qu'elle était. Alors que lui avait choisi une voie totalement erronée, essayant de lui montrer un monde très éloigné de la réalité où elle était fermement enracinée... Il avait voulu être différent. Le simple fait qu'elle soit sortie avec Purab Chaddha aurait dû signifier une grande transformation en soi.

Mais il n'avait fait qu'enfoncer un peu plus son esprit dans les sables mouvants du manque d'estime de soi dans lequel elle se complaisait manifestement. D'accord, elle ne lui avait rien montré de bien différent de la photo d'elle qu'elle portait à l'université, sauf peut-être son apparence. Mais Purab Chaddha ne traitait aucune femme, quelle qu'elle soit, comme de la merde. Pourtant, sans le savoir, dans ses efforts tumultueux pour sortir victorieux de cette épreuve, il n'avait fait que prouver que ce que les autres lui avaient fait était totalement justifié.

Peut-être, mais il avait l'intention de suivre à la lettre la résolution qu'il avait prise plus tôt. Mais les résultats stupéfiants de tous les mensonges qu'il lui avait servis pour qu'elle reste avec lui lui donnaient l'impression d'être un hypocrite. Il ne valait pas mieux que les garçons ordinaires de son collège qui ricanaient et se moquaient d'elle. En fait, il était bien pire. Au moins, il aurait pu être un peu honnête avec elle dans cette affaire de rendez-vous......

"Oui, Pam", dit-il lentement et délibérément, "tu m'as fait du mal", déclara-t-il en observant l'abattement de son visage, "tu m'as fait du mal comme personne ne l'avait jamais fait auparavant. C'est pourquoi vous venez dîner avec moi ce soir. Ma friandise....", termina-t-il abruptement.

Elle le regarde, totalement sidérée. Les lèvres frémissantes, elle ouvre la bouche pour répondre. "Il vaut mieux que tu rentres chez toi et que tu te prépares. Je viendrai te chercher vers 8 heures", lui dit-il brusquement. Puis il se retourna et commença à marcher, toujours agrippé à la glace presque fondue.

Elle le suivait de près. "Purab..." dit-elle, encore sous le choc, "Purab... comment... Euh... pourquoi..." Les mots lui manquaient. "Tu m'as fait du mal, Pamela", dit-il sans prendre la peine de la regarder, "Tu as blessé mon amour-propre. Vous m'avez insulté. En me comparant à tous ces gens stupides qui vous traitent cavalièrement. J'ai presque passé une journée entière avec toi et tu penses toujours qu'il n'y a pas de différence entre eux et moi ?". Il éclate de colère.

"Non...non..." Elle est horrifiée.

"Pourquoi diable le niez-vous ? Lorsque je me suis approchée de vous ce jour-là, vous avez utilisé tous les moyens à votre disposition pour me faire fuir, ce qui donne un aperçu très sombre du genre de préjugés que vous avez lentement acquis à l'égard des gens. C'est pour détruire ces croyances, pour te faire comprendre qu'il y a des gens qui veulent vraiment être amis avec toi et qui ne te le demandent pas seulement par pitié, que je t'ai proposé cette sortie. Mais rien n'y fait. L'idée est bien ancrée dans ta tête. Rien au monde ne pourra la faire disparaître......."

"Qui a dit cela ?" demanda-t-elle d'un ton désagréable.

"Qui d'autre que toi-même", rétorque-t-il, "n'est-ce pas pour cela que tu penses que tout ce que je fais pour toi n'est qu'une grande faveur ?"

"Mais vous êtes.... I..."

"C'est reparti. Pourquoi serait-ce une faveur ? Les amis ne font pas de faveurs. Ils sont juste censés être là. Les amis ne se tolèrent pas. Ils se collent les uns aux autres avec leurs défauts. Tu ne crois pas que j'ai fait ça, n'est-ce pas ? Sinon, comment aurais-tu pu m'accuser de la sorte, que je mette en place une façade de mensonges juste pour te faire croire que j'aime être avec toi ? Tu crois que je ferais ça ? Ce n'est pas parce que les autres ne te prennent pas comme ami que je ne le ferai pas non plus ?"

"Qu'est-ce qui te fait penser que c'est ce que j'ai voulu dire ?"

"Oui, je ne suis pas aussi intelligent que vous", dit-il d'un ton railleur, "je ne peux pas avoir comme vous des opinions qui sont toujours dégoûtamment correctes. Et qui t'a dit que cette journée était un désastre ? Que je n'aime pas être avec toi ? Ai-je jamais donné la moindre indication que je m'ennuyais ou que j'étais ennuyée ? Mais tu as très commodément tiré tes propres conclusions", a-t-il tonné, "et tu as rejeté toute la responsabilité sur moi. Ce qui me fait comprendre que c'est vous qui avez trouvé que cette journée était un vrai gâchis. C'est toi qui t'ennuies. Et ça ne devrait pas me faire de mal ?"

"Purab....

"Et qu'est-ce que tu as dit, que tu n'as aucune importance pour moi. Tu penses que je suis un idiot d'avoir gaspillé autant de temps et d'énergie pour retourner au centre commercial et t'acheter un bonbon ? J'étais sincèrement désolée d'avoir agi de manière si impolie avec vous. Mais vous n'accepteriez pas, n'est-ce pas ? Après tout, c'est moi qui n'ai aucune importance dans ta vie. Il a suffi d'une erreur de ma part pour que tu te rendes compte que, comme d'autres, je te fréquente juste pour leur montrer..." Ce qui était tout à fait vrai, pensa-t-il mal à l'aise, en s'arrêtant.

"Purab, ce n'est pas le cas, dit-elle fermement, je n'ai rien fait de tel. Je voulais seulement te dire que tes excuses étaient totalement injustifiées. Pourquoi, tout à coup, t'acharnes-tu sur un petit problème ? Pourquoi devons-nous nous y attarder autant et ne pas y mettre un terme ?"

"Tu ferais mieux de répondre à cela", a-t-il répliqué, "je n'ai jamais voulu que les choses prennent des proportions démesurées. Et elles ne l'auraient jamais été si tu avais simplement souri et pris cette douceur," il fit un geste vers elle, "mais non, tu dois mettre toutes sortes de calomnies sur toutes mes intentions bien intentionnées. Rien n'a fonctionné. Je fais toujours partie de ces innombrables hommes qui ne se sont jamais approchés de ce qu'est la vraie toi," il secoua la tête, "ce dîner est la dernière chance. Pour moi comme pour toi. Tout a une limite. Si tu n'es toujours pas convaincue," il haussa les épaules, "je ne peux rien faire de plus...."

"Mais...Mais...", dit-elle en tremblant, "Vous avez fait beaucoup. En fait, plus que n'importe qui..." Les larmes commençaient à perler dans ses yeux et Purab commençait à avoir un peu peur. Au lieu de l'encourager, cette réunion allait-elle laisser une cicatrice permanente dans son cœur ?

"Tu ne peux toujours pas te résoudre à me donner le genre d'importance que j'attends de toi. En rejetant cette mauviette, tu m'as rejeté, tu as rejeté notre amitié. Il y a une grande différence entre l'amour et l'amitié. L'amitié ne peut jamais être unilatérale", a-t-il adouci, "c'est ou ce n'est pas ....".

"Je ne blâme personne, poursuit-il, chacun a le droit d'accepter ou de rejeter les choses qui se présentent à lui. Mais dans notre cas, ce n'est pas le cas. Pas encore..."

Heureusement, les larmes n'ont pas coulé. Elles avaient séché et une irritation intense les remplaçait. Intérieurement, Purab était plus que content. D'une manière ou d'une autre, il avait conservé le pouvoir de toucher son cœur.

"Comment peux-tu donner toutes sortes d'explications à mes sentiments juste parce que j'ai refusé de prendre ta glace ? dit-elle, exaspérée.

"Tu m'as dit non même quand je t'ai supplié de me pardonner. Tu l'as dit si clairement. Comment puis-je savoir que cela signifie quelque chose d'autre, peut-être dans une autre langue ? D'ailleurs, pourquoi ne le ferais-je pas ? Tu as fait toutes sortes de suppositions à mon sujet, sur ce que je ressens pour toi, sur ce que je ressens en ce jour, n'est-ce pas ? Est-ce que tu as le droit de le faire ?"

Elle recula légèrement et le regarda avec un peu de culpabilité. Attendez un peu, Purab Chaddha, c'était une fille après tout.

"Vous avez laissé tous vos préjugés à mon égard colorer vos paroles et votre comportement avec moi et il n'est que trop juste que je fasse de même, poursuivit-il, mais j'ai décidé de tenter ma chance. Plutôt que de nous fatiguer les méninges à essayer de déchiffrer ce qui n'est pas voulu, écoutons-le clairement et à haute voix. Cela fait une demi-heure que vous essayez de me dire que ce n'est pas ce que je pense. Qu'est-ce que c'est alors Pam ? Qu'est-ce que tu ressens pour moi ? Dis-le franchement. Penses-tu que tu peux me considérer comme quelqu'un de spécial par rapport aux personnes habituelles qui passent dans ta vie ? Ou n'y a-t-il aucune différence ? Me considères-tu comme ton amie Pamela ? Dis-moi," dit-il, "ne me dis rien de moins que la vérité. Qu'est-ce que tu ressens pour moi ? demanda-t-il doucement.

Elle trembla encore un peu plus et le regarda muettement, ses lèvres tremblant d'hésitation. Elle ouvrit la bouche, puis la referma un peu craintivement.

Une force plus grande que l'incertitude semblait l'empêcher de parler.

Purab haussa les épaules, un peu déçu, mais sans le montrer, "Je suis libre de tirer mes propres conclusions." Il marmonna, puis se retourna et commença à marcher sur la route, s'éloignant du centre commercial, se sentant étrangement découragé.

Ce n'est qu'au bout d'un moment qu'il entendit une voix douce et embarrassée. "Purab...

"Oui ?" Il s'arrêta et se retourna à moitié.

"Je suis désolé de t'avoir mal jugée, c'était une erreur de ma part..."

Il se retourne vers elle et lui sourit d'un air rassurant.

"C'est bon, Pam, je comprends..."

"Mais je continue à penser que tu n'avais aucune raison de demander pardon, que tu le veuilles ou non", dit-elle fermement en le fixant, "Ce que je ressens pour toi n'a rien à voir avec ça. Cependant, si en mangeant cette mauviette, tu prouves que notre amitié est," elle tendit la main, "je suis preneuse."

La cible s'en mord les doigts

Purab la regarde fixement, complètement vidé, mais réussissant à garder le sourire. Tous ses efforts avaient été totalement vains. Il avait acheté le softy pour chasser de son esprit les pensées de ce gros tas menaçant, mais même après lui avoir fait comprendre qu'elle le trouvait différent des autres, il n'était toujours pas à la hauteur. Il s'était dit qu'une fois qu'elle aurait pris le softy, ce serait fini. Mais elle pensait toujours qu'il n'avait rien fait de mal en laissant ce loup s'en prendre à elle.

À quoi bon maintenant ? L'occasion lui avait échappé depuis longtemps, il regardait le cornet d'un air dépité, un petit bout de crème restait dessus, le reste avait coulé et taché sa main. Elle acceptait finalement de le prendre, mais pas pour le plaisir que lui procurait sa compagnie, plutôt comme un geste condescendant pour prouver quelque chose qui ne l'intéressait pas.

Il aurait dû jeter ce putain de truc tout de suite. Et maintenant, il allait devoir le donner, elle l'avait elle-même demandé, même si cela ne servait à rien. Bien sûr, il avait fait sauter la chose, mais cette femme avait vraiment des nerfs d'acier. Pas une tige n'a bougé de la cage qu'elle avait préparée pour son attirance naissante pour ce gorille, bien qu'il ait failli, de manière flagrante, donner libre cours à son irritation.

Alors, qu'allait-il faire maintenant ? Rien d'autre qu'accepter la défaite cette fois-ci et peut-être réessayer. Mais les chances semblaient plus faibles qu'auparavant. Les dégâts étaient trop lourds....

"Purab ? Elle le regarde d'un air interrogateur. Il revint à lui et découvrit qu'elle lui souriait avec impatience. Il grimace intérieurement mais commence à soulever le reste de crème glacée vers la main tendue de la jeune femme.

Le soulagement illumina son sourire et ses yeux se mirent à scintiller. Purab vit ses propres lèvres se retrousser, son moral remonter d'un coup. Purab Chaddha n'était pas du genre à abandonner. L'astuce avait peut-être échoué, mais pas son cerveau. Et il y avait quelque chose qu'il était absolument certain qu'elle ne savait pas, pas plus que ce vaurien hirsute. La galanterie ne répond pas à la galanterie.

Il souleva le cône au-dessus de sa main, la surprenant, et l'amena vers sa bouche. Elle le regarda, un peu déconcertée, mais ne fit rien lorsqu'il l'approcha de ses lèvres. Puis, d'un seul geste, il le lui lança au visage, peignant son nez et sa bouche d'une teinte brun noisette.

Il grimaça tandis qu'elle le fixait en état de choc, incapable de croire ce qui venait de se passer, quelques gouttes de crème glacée tombant de son nez à sa lèvre supérieure, ses mains levées, mais sans atteindre son visage pour essuyer la matière collante. Complètement pris au dépourvu, et ce même chez une personne avec une mentalité comme la sienne, Purab a réalisé en un clin d'œil qu'elle serait trop lente pour le prendre une seule fois. Alors, qui prévient, pensa-t-il malicieusement en lui envoyant à nouveau la glace sur le nez avant qu'elle ne puisse l'arrêter. Il laissa ensuite tomber le reste du cornet sur le sol et s'éloigna à toute vitesse en poussant un grand cri de rire.

Elle n'a pas manqué de suivre le mouvement : "Purab Chaddha !", a-t-elle crié, à la fois furieuse et ravie, "Tu es mort !". Et elle s'élança à son rythme derrière lui.

Purab rit à nouveau, se précipitant sur la voie actuellement déserte, remerciant Dieu pour la soudaine onde cérébrale qu'il vient d'avoir. Une voiture arriva en face de lui et il fit un brusque écart pour s'engager dans une autre voie, elle aussi déserte, mais bordée de part et d'autre par des tours résidentielles.

"Elle lui cria en changeant de direction comme lui, mais en restant à quelques mètres derrière lui. Purab sourit. Il faudrait qu'elle le rattrape en premier. Même si elle y parvenait, cela n'avait plus d'importance, et cette pensée fit monter une nouvelle vague de joie dans son cœur. Mais elle ne le pourrait pas, pas sur sa vie, décida-t-il en sprintant avec détermination sur la route, reconnaissant le fait qu'elle soit vide et qu'elle profite pleinement de sa carrure athlétique.

"Je vais te tuer, Purab Chaddha !" cria-t-elle, un soupçon de plaisir dans la voix. Il se retourna, toujours en train de courir, pour la trouver à une distance considérable derrière lui, son visage ne mélangeant aucune émotion pour montrer à quel point elle appréciait tout cela. Il se mit à rire, "Attrape-moi si tu peux !". Il gardait toujours son regard fixé sur son visage rayonnant de sueur et de plaisir. "Tu n'as qu'à attendre !" cria-t-elle en riant.

"Non, non", répondit-il, s'amusant lui-même du jeu comme un petit enfant excité, et il s'élança en avant. Il se retourna pour voir si elle ne l'avait pas rattrapé, mais elle n'était manifestement pas habituée à de tels efforts. La joie qui brillait dans ses yeux le soulagea, et son sourire, le plus large qu'il ait jamais vu, le ravit au plus haut point. Il avait passé toute la journée à essayer de trouver la chose qui la faisait vibrer et à penser que c'était si ridiculement simple.

Il était tellement occupé à réfléchir et à interpréter les expressions de la jeune femme que ce n'est qu'après avoir frôlé quelqu'un qu'il se rendit compte qu'il devait regarder devant lui. Purab se retourna brusquement et se figea en croisant le regard d'un de ses camarades de classe. Pour ne rien arranger, il prit conscience des autres garçons qui l'entouraient maintenant, la bande qui sortait tous pour batifoler le dimanche. Horrifié, son regard passa d'un bout à l'autre, tandis qu'il reconnaissait lentement ses amis proches, dont certains à qui il avait menti avec tant de désinvolture le matin sur l'endroit où il se trouvait. Ils le regardent fixement, semblant aussi stupéfaits que lui.

Purab se rendit compte qu'il n'avait plus la force de reprendre sa langue et d'inventer une quelconque explication. Dans tous ses efforts pour remonter le moral de son " rendez-vous " manifestement déprimé, il avait totalement abandonné ceux qu'il avait laborieusement pris pour ne pas tomber dans la situation qu'il avait religieusement évitée toute la journée. Il avait totalement oublié la possibilité que ses amis se rendent eux aussi au centre commercial, il avait même vu deux d'entre eux se précipiter sur le dernier film d'action en vogue. Il avait menti à la réalité avec tant d'assurance que la possibilité que la vérité soit révélée lui avait totalement échappé.

Shubh et Bhanu le regardaient toujours comme s'il venait de débarquer de Mars. Les yeux de Gagan, qu'il pouvait distinguer à ses côtés, révélaient la même incrédulité. Il n'osait pas se tourner vers les autres. Il n'osait pas non plus répondre, car il était évident que les cris de "Purab Chaddha !" et l'ombre de Pamela qui se dessinait à une petite distance leur avaient déjà raconté toute l'histoire, qui n'était cependant pas dénuée de suspicion, du moins pour l'instant.

Tout était perdu, les yeux de Purab n'enregistraient plus les visages confus de ses amis mais une noirceur floue, signe d'une condamnation totale. Bientôt, tout le collège le saura. Que lui, le grand Purab Chaddha, l'homme qui avait le cœur de toutes les filles à ses pieds, avait en fait choisi un rat de bibliothèque sans valeur pour sortir avec lui. Qu'il n'avait pas réfléchi à deux fois avant de demander à la fille la plus repoussante du collège de sortir avec lui. Qu'il avait fait avec elle (ce qui n'était évidemment pas le cas) ce qu'il faisait lors de ses rendez-vous habituels. Qu'il avait eu l'audace de comparer les filles du collège avec une personne comme elle, son niveau étant tombé au plus bas.

Il avait fallu 3 ans et demi pour être connu comme le roi des cœurs. Il ne lui a pas fallu une minute pour être détruit... Qu'avait-il fait ? Pourquoi avait-il décidé tout d'un coup de s'envoler comme ça ? Pourquoi s'était-il mis en tête de lui plaire, où était le problème ? Du plus grand Casanova, il était soudain devenu le plus grand idiot de la planète.

Il regarda ses amis d'un air sceptique, souhaitant que tout cela ne soit qu'un rêve. Qu'allait-il faire maintenant ? Comment allait-il retrouver sa réputation perdue ?

Pamela avait maintenant rejoint la petite foule, l'élan qu'elle avait pris en s'enfuyant l'avait empêchée de s'arrêter, mais pas de se rendre compte du problème qui se posait. C'est elle qui vint au secours inattendu de Purab en se frayant un chemin parmi les gens pour s'approcher de lui au centre et lui serrer la main. "Cours !" murmura-t-elle avec insistance, ce qui fit reprendre ses esprits à Purab. Bien sûr, il fallait qu'il se sauve avant que tout cela ne s'inscrive définitivement dans leurs cerveaux. En un clin d'œil, il se redressa et prit ses jambes à son cou avec Pamela, laissant le groupe bouche bée devant leurs profils en retrait.

Main dans la main, ils coururent tous les deux dans la rue, se retournant de temps en temps pour voir si quelqu'un les avait suivis. Personne, bien sûr, mais cela faisait bien un kilomètre et demi que le couple abandonnait la poursuite, haletant lourdement, le cœur battant à tout rompre dans la poitrine.

Purab s'appuya contre un mur, reprenant son souffle et se sentant terriblement déprimé. Il avait eu la bonne idée de prendre ce pari et de prouver à cette salope qu'elle avait tort. Qu'est-ce qu'elle pouvait bien savoir du pouvoir de Purab Chaddha ? Tout cet aplomb, toute cette gloire, il les avait balayés d'un revers de main à cause d'une petite erreur. Il n'avait jamais voulu sortir avec cette fille, qu'est-ce qui l'avait poussé à accepter ?

D'accord, elle se révélait bien différente de ce qu'il avait imaginé, mais être vu en train de traîner avec elle en plein jour sonnerait le glas de son impressionnante popularité auprès de la gent féminine. Toutes ces filles aspirant à être avec lui, soupirant d'impatience à son apparition, brûlant de jalousie en le voyant avec d'autres. Qu'allait-il advenir d'elles ? Qu'allait-il faire ? Plus aucune fille n'acceptera de sortir avec lui. Les gens se moqueront de son visage, tous ses amis et ses partisans l'abandonneront. À bien y penser, il ne pourrait plus se montrer à l'université. Tout ça parce qu'il est sorti avec une fille qu'il n'aurait jamais pu approcher dans ses rêves les plus fous.

Pamela haletait elle aussi, se tenant un peu à l'écart et détournant le regard. Son visage avait rougi sous l'effet de la chaleur et de l'effort inaccoutumé. Elle le regarda d'un air morose et inspira profondément avant de lever la main et d'essuyer les morceaux de glace qui lui collaient à la lèvre supérieure. Il ne la regarda pas, perdu dans ses pensées.

"Merde !" Siffla-t-elle au bout d'un moment. "Pourquoi ont-ils dû se pointer ?" dit-elle frustrée, comme si elle faisait écho à ses sentiments, "A quoi pensent-ils maintenant ?" elle marqua une pause.

Elle le regarda d'un air sceptique : "Que vas-tu faire maintenant, Purab ? C'est un coup dur pour ta réputation".

Il s'est retourné et l'a regardée avec perplexité. Elle lui adressa un sourire désolé : "Dire que je t'ai mis dans ce genre d'ennuis alors que tu as tant fait pour moi. Je suis vraiment désolée Purab", dit-elle en se détournant nonchalamment, tandis qu'il la regardait à son tour, choqué : "On ne peut rien faire contre ce qui s'est déjà passé. Mais n'allons pas plus loin. Je pense que nous devrions nous arrêter là. Tu m'as fait passer un bon moment, Purab, et je ne suis pas du genre à mettre mes amis en difficulté. Séparons-nous. Je vais rentrer chez moi et toi, tu iras à ton auberge et tu feras comme si rien ne s'était passé. Si quelqu'un te pose des questions à ce sujet, dis-lui qu'il rêve. Oui..." conclut-elle précipitamment en se retournant vers lui, "C'est une bonne idée. Viens, on y va."

Purab continua à la regarder bouche bée sans répondre. Pouvait-elle vraiment dire ce qu'elle avait dit ? C'était une autre chose qu'il s'adresse à elle avec toutes sortes d'adjectifs que l'université lui attribue, mais qu'elle le sache si bien....... Elle l'avait toujours su, n'est-ce pas ?

Elle l'avait toujours su, n'est-ce pas ? Elle n'avait pas menti en affirmant qu'elle savait ce qui se passait dans la tête des gens. Que les gens ne l'estimaient pas beaucoup. Ils n'ont jamais pensé qu'elle méritait d'être respectée, d'être comprise, d'être connue. Les autres ne savaient pas si elle existait. Et ceux qui le savaient ne la considéraient pas comme un être humain.

Elle n'avait pas ignoré que, même s'il déclarait vouloir être ami avec elle, il était comme les autres, effrayé. Peur que si cette amitié était un jour connue, aucun de ses autres amis ne subsisterait. Comme si elle souffrait d'une maladie honteuse, contagieuse, incurable. Du moins aux yeux de tous.

Mentir pour plaire n'était pas une chose nouvelle pour Purab et lorsque la vérité était révélée, cela n'avait jamais été un drame non plus, mais la nuance de cette vérité était si laide, si horrible, qu'il sentit même une vague de culpabilité l'envahir avec une force immense. En quoi avait-il été différent des autres ? Qu'avait-il vraiment fait pour elle ? Il lui avait remis en pleine figure la vérité qu'elle fuyait depuis si longtemps. Il avait ajouté du sel à ses blessures en lui faisant sentir, encore et encore, qu'il n'était que trop juste de le faire.

Il l'avait traitée de lâche pour ne pas avoir affronté le problème de front. En vérité, la jeune fille s'était simplement résignée à son sort. Car en effet, comme il le voyait maintenant, il n'y avait aucun moyen pour elle d'échapper au piège. Elle connaissait déjà les solutions qu'il lui avait prêchées, mais il lui était impossible de les mettre en pratique. Pour autant, ce n'était pas elle. Elle ne ferait que s'insulter elle-même, comme d'autres l'avaient fait. Comme il l'avait fait.

Comment quelqu'un peut-il vivre comme ça pendant si longtemps ? pensa-t-il, consterné. Vivre dans l'humiliation constante, dans le mépris constant. Et pourtant, elle avait supporté tout cela, avec un courage et une dignité tranquilles. Elle ne gardait aucune rancune pour ceux qui se moquaient d'elle, aucune colère pour les plaisanteries qu'on lui faisait, aucun regret pour ces jours d'amusement à l'université qui n'ont jamais été les siens.

Bien sûr, elle n'a jamais pu aller à tous ces événements, à tous ces endroits, et ce n'est pas parce qu'elle n'a jamais été invitée, mais parce qu'elle savait très bien que personne ne voulait qu'elle soit là. Bien sûr, elle ne pouvait pas se faire connaître, tout le monde s'en fichait. Bien sûr, elle devait rester dans l'ombre, il n'y avait de lumière nulle part.

Quelle avait été sa faute ? D'avoir été différente des autres et d'avoir choisi de le rester ? D'avoir, malgré toutes les pressions, refusé de s'incliner et de se transformer en quelqu'un d'autre pour attirer l'attention. Qu'elle n'ait pas prononcé un mot de protestation lorsque tout le monde avait mal interprété ses actions, refusé de la laisser entrer dans sa vie, l'avait transformée en une plaisanterie vivante. Qu'elle avait silencieusement accepté tous ces traitements injustes avec un sourire.

Cela n'a jamais été ce qui aurait dû être. Mais c'était ce qui était. Et lentement, avec le temps, elle avait accepté tout ce qu'on lui avait dit. Qu'elle n'était pas faite pour être avec les autres, que la vérité était qu'elle était une honte pour être appelée une amie et que tout était de sa faute. Tout ce qu'il lui avait fait ressentir.

Purab Chaddha, honte à toi ! Qu'est-ce qui lui avait fait croire qu'il avait la capacité d'apporter du soleil dans sa vie alors que les ténèbres que les gens avaient construites autour d'elle l'avaient effrayé au-delà de toute mesure ?

Il ne pouvait pas s'imaginer vivre une seconde comme elle, tout seul, à l'écart, avec pour seuls compagnons le silence et des livres sans vie. Il se disait qu'il se sentirait écrasé si c'était lui qui disait ces choses qu'elle avait dites avec tant de nonchalance. Pourtant, pas une seule fois elle n'a dit comment le monde osait se comporter avec elle de la sorte, elle savait seulement que cela ne devrait pas se produire avec quelqu'un d'autre.

Voilà une fille, pensa-t-il en la suivant discrètement sur la route, qui pouvait voir les minuscules taches de bien qui émaillaient les traits les plus manifestement mauvais. Qui pouvait sourire même dans les situations les plus déprimantes, qui pouvait faire ressortir la beauté dans les aspects les plus laids. Mais personne ne voyait cela. Tout ce qu'ils voyaient, c'était ses lunettes sombres à monture de corne, son long tas de notes, le silence ennuyeux qui l'entourait. Et elle était tout à fait d'accord avec eux pour ne pas regarder au-delà. Pourquoi, se demandait-il, pourquoi en était-il ainsi ? Comment se fait-il que personne ne se soucie de cette fille qui se soucie tant des autres ?

La cible met le pied à l'étrier

Purab monte sur sa moto et la démarre en une seconde. Il couvrit rapidement la distance qui séparait Pamela de lui dans l'autre sens de la route. Prenant un virage serré, il s'arrêta net juste devant elle.

"Viens..." dit-il brièvement.

Elle le regarda, choquée, "Purab !". Elle s'exclame.

"Elle s'est exclamée. demanda-t-il, "il se fait tard. Viens..."

"Je ne vais pas venir avec toi, Purab", dit-elle simplement.

"Et je ne vais pas te laisser toute seule ici", a-t-il affirmé, "Viens, laisse-moi te déposer à la maison..."

"C'est bon, je vais prendre un taxi", dit-elle avec désinvolture, puis elle jette un regard furtif autour d'elle, "S'il te plaît Purab, pars..."

"Viens avec moi Pam", répond-il.

"Ne sois pas stupide, Purab. Pars aussi vite que possible. Plus on te verra avec moi, plus tu auras d'ennuis..."

Le cœur de Purab se serra douloureusement, mais il parvint à fixer son regard et sa voix sur elle : "Personne ne s'attire d'ennuis, Pamela..."

"Non", elle secoue la tête, "Tu es très gentil Purab mais je ne te laisserai pas mettre en jeu ton amour-propre pour moi".

"Et que va devenir ce même amour-propre si je te laisse toute seule sur cette route sombre et désolée ?" Il la regarda fixement.

"Purab !" s'exclama-t-elle encore, exaspérée, avant de se calmer. "Il ne fait pas encore très sombre et la station de taxis n'est qu'à quelques pas", dit-elle doucement, "je rentrerai à la maison en un rien de temps, Purab, tu n'as pas à t'inquiéter. Il vaut mieux partir maintenant." Elle l'amadoue.

"Bien", répond-il en arrêtant le moteur et en descendant, "Laisse-moi t'accompagner jusqu'au taxi..."

"Non !", a-t-elle presque crié, avant de le regarder d'un air suppliant : "S'il te plaît, essaie de comprendre, Purab. Nous ne devrions pas créer plus de problèmes."

"Quel genre de problèmes ?" demanda-t-il.

"Tu sais très bien", dit-elle d'un air contrarié, "Pour l'amour de Dieu, ils t'ont vu. Et ils m'ont vue. Ils pourraient penser..."

"C'est mon problème, Pam...." dit-il fermement et le regretta immédiatement. Il laissait encore entendre qu'elle l'avait mis dans l'embarras.

"Non, elle secoua la tête, je suis responsable de ce qui s'est passé. Je suis vraiment désolée, Purab. Je n'aurais pas dû accepter cette sortie en premier lieu", dit-elle dépitée avant de se précipiter : "Mais tout n'est pas perdu. Dépêche-toi Purab, pars avant qu'il ne soit trop tard."

"Ecoute Pam," il la regarde dans les yeux, "Si tu n'as pas aimé sortir avec moi, tu peux le dire clairement. Pas besoin d'excuses."

"Ce n'est pas ce que je voulais dire", elle le regarde, sidérée, "Je n'ai jamais dit que je n'aimais pas être avec toi".

"Alors pourquoi me chasser comme un insecte offensant ? Qu'est-ce que j'ai fait ?" Il demande.

"Ne fais pas comme si rien ne s'était passé, Purab. Il y a des implications bien pires que celles auxquelles tu peux penser..."

La douleur était si évidente dans sa voix que Purab avait une envie irrésistible de l'entourer de ses bras, de faire quoi que ce soit qui puisse la réconforter...

"Tout ce que nous faisons dans la vie a des implications, Pam", dit-il d'un ton apaisant. "Si nous commencions à nous en préoccuper, nous ne pourrions rien faire."

Elle esquissa un petit sourire, "ça ne les empêchera pas de se produire, n'est-ce pas ?"

"Je ne m'en suis jamais préoccupé et je n'en sais rien non plus", dit-il avec assurance, "Maintenant, arrêtons de perdre du temps et venons." Il fit signe à la moto garée.

Elle secoua simplement la tête : "Non, Purab. Tu as eu trop d'ennuis pour moi et si je t'en cause encore plus, je ne pourrai jamais me le pardonner. S'il te plaît, ne me rends pas les choses difficiles", dit-elle en se détournant.

Purab n'a pas pu s'arrêter cette fois-ci. Ses mains se posent sur les bras de la jeune femme et il la ramène doucement vers lui. "Les choses ne sont difficiles que si tu les rends difficiles. Il a dit fermement : "Les problèmes ne sont que ceux que vous voyez. Aucun problème n'est trop grand pour être accepté s'il t'a permis de penser que je valais la peine d'être un ami."

Elle était aussi obstinée qu'une mule : "Tu l'es. Mais je ne le suis pas. Cela ne fait que le prouver encore plus. S'il te plaît, ne discutons plus de ça. La journée d'aujourd'hui, soupira-t-elle, a été l'une des plus mémorables de ma vie. Je ne veux pas que les choses s'enveniment pour l'un ou l'autre d'entre nous. Alors, s'il vous plaît, finissons-en ici même."

Enfin, le moment était venu, et une bouffée d'exaltation traversa les nerfs de Purab. Purab Chaddha avait enfin gagné son pari. Il avait prouvé qu'il pouvait sortir avec n'importe quelle fille et rester à jamais dans sa mémoire. Mais si elle pensait pouvoir gagner aussi facilement, elle se trompait lourdement.

"Mais il semble que tu aies besoin d'être convaincue que mes intentions étaient aussi honnêtes qu'elles en avaient l'air. Pas de problème", dit-il en levant les mains dédaigneusement lorsqu'elle ouvrit la bouche pour protester, "Les choses ne sont difficiles que si tu les fais, mais je sais comment me défendre. Il se dirigea vers le vélo, puis se retourna vers elle. "Et ne t'avise pas de penser que la journée est finie. J'espère que tu n'as pas oublié que je t'ai invitée à dîner avec moi ce soir."

"Quoi !" s'exclama-t-elle comme si elle ne s'en souvenait pas, "Qu...Où ?"

"C'est une surprise", répondit-il calmement en remontant sur le vélo, "Allez, il se fait tard. Tu n'auras pas le temps de te préparer, ne m'en veux pas plus tard."

Elle ne bouge pas de sa place, "Tu veux toujours sortir avec moi malgré ce qui s'est passé ?". demanda-t-elle.

Il détestait la façon dont elle disait cela. Tout ça parce que ces idiots avaient surgi au mauvais moment.

"Bien sûr", dit-il nonchalamment, "je tiens ma parole. Un jour, c'est 24 heures et c'est exactement le temps que j'ai dit que je passerais avec toi."

"Personne ne t'oblige à faire ça, Purab", dit-elle d'un air fatigué.

"Et personne ne me force à ne pas le faire non plus. Écoute, Pam, je t'ai déjà dit que je trouvais rien moins que criminelle la façon dont ces abrutis te traitent. Et ce qu'ils pensent ne va certainement pas changer ce que je ressens pour toi ou comment je me comporte avec toi". La vérité reste la vérité, peu importe ce qu'en disent les crétins arrogants qui se voilent délibérément la face et croient qu'il y a un marché pour leurs idées superficielles. Et il ne sert à rien de leur rendre service en étant d'accord avec eux et en les suivant jusqu'à ce qu'ils commencent à apparaître comme la vérité. Nous ne sommes pas venus au monde pour leur plaire et nous avons suffisamment de bon sens pour savoir ce qui est juste et ce qui ne l'est pas pour leur demander conseil. Je ne leur ai pas demandé si je devais être avec vous, vous savez très bien que je suis le meilleur juge pour cela. Je suis venu vous voir parce que je le voulais... Et je veux que vous soyez maintenant le juge de ce que vous devez faire. Personne ne peut te donner ce droit, sauf toi...."

"J'aimerais que tu me dises où nous allons ce soir", dit-elle en élevant la voix pour être entendue au-dessus de la circulation.

Il sourit, "C'est une surprise..." tout en gardant les yeux sur la route.

"Donnez-moi un petit indice... S'il vous plaît..." dit-elle sérieusement. Il sourit et ne parla plus pendant quelques secondes, le temps de trouver un virage serré et de diriger la moto avec précaution. C'est pas possible ! pensa-t-il malicieusement.

"Alors, ce ne sera pas une surprise", dit-il. Elle lui serra les épaules : "Non, ça le restera. Je suis très mauvaise pour deviner. Donne-moi juste une idée."

"Pourquoi veux-tu savoir ?" demanda-t-il.

"Eh bien...", elle hésite, "Je ne sais pas quoi porter. Si je ne connais pas le genre d'endroit où nous allons, je vais finir par choisir la mauvaise combinaison."

Purab sourit. L'inquiétude typique d'une fille.

"Ne t'inquiète pas, tu t'en sortiras très bien...", dit-il d'un ton rassurant.

Elle a fait claquer sa langue : "Je pourrais porter quelque chose de bizarre, de totalement déplacé. Je devrais alors me changer. Cela me fera perdre beaucoup de temps."

"Euh...hein", dit-il, "Il ne se passera rien de la sorte".

"Mais..."

"Tu choisiras la bonne chose", dit-il fermement, comme s'il s'agissait d'un pronostic, "en fait, la chose parfaite".

Il entendit un petit rire derrière lui : "Comment peux-tu en être aussi sûr ? Tu ne me connais même pas..."

Son cœur s'arrêta une seconde. "Je sais", dit-il carrément, puis il ralentit la moto à l'approche d'un ralentisseur. La moto sauta par-dessus et elle faillit tomber en avant sur lui en prononçant "Comment ?". Purab ne quitte pas des yeux la route. Il était vrai qu'il n'avait vu qu'une partie d'elle, qu'il n'avait connu qu'une tranche de sa vie, qu'il n'avait ressenti que ce qui se trouvait à la surface, et pourtant, chose incroyable, il savait qu'il avait raison. Il le savait, tout simplement.

"Je sais..." dit-il à nouveau et il accéléra le rythme de sa moto en constatant que la route était un peu plus vide.

Le piège tombe

Purab se sent un peu nerveux lorsqu'il sonne à la porte extérieure de la maison de Pamela. Comme à de nombreuses autres occasions où il avait attendu sous le porche de ses autres filles. Il avait peut-être passé près d'une journée avec elle, mais c'était officiellement le moment où il avait un rendez-vous et, comme tous ces moments précédents, la confiance vacillante au début d'un test faisait des siennes.

C'était étrange, car il n'avait pas eu l'impression que c'était une grosse affaire, contrairement aux fois précédentes où il avait roulé jusqu'au bâtiment de son auberge et y était entré à la hâte. La nouvelle s'était sans doute répandue et c'est au milieu de centaines d'yeux scrutateurs qu'il était monté dans sa chambre. Les ricanements s'entendaient dans les chambres voisines tandis qu'il déverrouillait la porte et choisissait soigneusement sa tenue pour l'occasion. Pourtant, pas une seule fois ses mains n'ont tremblé alors qu'il sortait avec soin une chemise blanche, un pantalon noir de jais et un smoking de la même couleur. Il ne s'était même pas arrêté pour réfléchir une seconde en cherchant rapidement des chaussures assorties et, ayant trouvé la paire exacte mais un peu poussiéreuse, il l'avait rapidement nettoyée.

Après avoir enfilé les vêtements qu'il avait choisis et une montre à la mode, coiffé ses cheveux désormais ébouriffés, s'être tamponné les aisselles de parfum pour masquer les effets des excursions de la journée, il s'était mis en route, très conscient des nombreux yeux qui le fixaient de tous les côtés, des cerveaux qui faisaient des heures supplémentaires à cause des implications de son geste, des langues qui s'agitaient sans cesse, crachant toutes sortes de rumeurs à la con qui allaient hanter B.T. pendant quelques jours encore.

Mais ce n'est pas un petit dérapage qui s'est produit dans les foulées qu'il a faites jusqu'à sa moto garée. La certitude de faire ce qu'il fallait avait insufflé plus de force à sa nouvelle détermination. En outre, comme il l'avait toujours su, les choses ne devraient avoir de l'importance que si elles étaient une affaire personnelle.

Il s'agissait certainement d'une question qui le concernait maintenant, à savoir comment elle allait apprécier sa démarche. Le fait qu'il ait passé le reste de la journée avec elle ne lui avait peut-être pas permis de se sentir trop accablé par la perspective de repartir avec elle, mais se glisser dans ce nouveau rôle qu'il assumait n'était pas si facile. Il avait entendu dire, mais c'était la première fois qu'il réalisait à quel point il était plus difficile d'être un amant qu'un simple ami. Bien sûr, l'art n'était pas nouveau pour lui, mais les pressions, les incertitudes, les éventualités étaient toutes, comme d'habitude, trop lourdes.

Le portail s'ouvrit lentement et le clignotement soudain de la lumière de la maison l'aveugla pendant une seconde. Pamela sortit lentement, semblant aussi nerveuse qu'elle pouvait l'être. Les yeux de Purab la dévisagèrent un peu, puis se réchauffèrent, déjà habitués aux surprises habituelles.

Elle portait une robe noire qui lui descendait jusqu'aux chevilles, avec une jupe fendue, des manches bouffantes, un col profond et plongeant et une bordure à volants, qui scintillait parfois à certains endroits dans la lumière de la pleine lune. Elle lui allait comme un gant et mettait remarquablement en valeur ses courbes ainsi que la blancheur de son teint, qui brillait par contraste. Elle portait un collier de diamants simple et étincelant, des boucles d'oreilles assorties en forme de gouttes de rosée et un bracelet dans une main.

Ses cheveux, ouverts, étaient disposés en cascade sur ses épaules jusqu'à la taille. Elle s'était fait un visage à ce moment-là et ses joues brillaient d'une lumière semblable à celle des diamants autour de son cou, ses lèvres étaient d'un rouge diabolique, ses cils épais s'enroulaient autour de ses mystérieux yeux noirs. Un doux parfum de jasmin s'échappait d'elle et humidifiait l'air tout autour. Pour Purab, elle ressemblait à une fée sortie de l'autre monde et arrivée sur terre, si ce n'était le petit sac à main noir qu'elle tenait dans une main près d'elle et l'écharpe noire qui entourait ses bras et qui lui conférait la sophistication et la grâce tranquille d'un être humain raffiné, ce qu'elle était indubitablement.

Mais il valait mieux qu'il ne le dise pas. Lui aussi avait une image à préserver. Avec un calme étudié, il dit avec désinvolture : "Vous êtes magnifique", et détacha son regard du visage rougissant et satisfait de la jeune femme pour se tourner à moitié vers elle : "Et vous devez oublier cela, à moins que vous ne le portiez uniquement pour le montrer." Il s'est retourné et a regardé son sac à main : "C'est moi qui paie."

Elle n'a rien dit, se contentant de sourire. Il se délecta de la beauté qu'exsudait le clair de lune sur son visage blanc laiteux. Cela ne tournait certainement pas aussi mal qu'il l'avait pensé.

"Viens, allons-y", dit-il pour la laisser passer. Elle fit un pas, puis se retourna et referma la porte derrière elle.

"J'espère que ce n'est pas trop loin", murmura-t-elle timidement alors qu'ils se dirigeaient vers la route, "Comme tu peux le voir, ce serait un peu difficile pour moi de rester sur ton vélo".

"Pas du tout", il secoua la tête, "C'est à une distance de marche d'ici. En fait...", il hésita, "Je me disais que je n'avais pas besoin de ma moto. Est-ce que cela vous dérangerait si nous allions à pied ?"

Elle parut un peu surprise mais se reprit rapidement, "Oh bien sûr, il fait beau pour se promener."

Même s'il était d'accord avec elle, Purab était parfaitement conscient du risque qu'il prenait en la guidant sur la route. Les chemins étaient bien éclairés par la pleine lune, mais il n'y avait pas âme qui vive. Habitué à toujours galoper, il ralentit son allure pour se mettre au diapason de la jeune fille et essaya même de rester un peu derrière elle pendant qu'ils marchaient. Elle resta silencieuse pendant quelques instants et le regarda parfois avec un peu d'étonnement pour la proximité qu'il maintenait délibérément entre eux deux, mais laissa le sujet rester une simple petite distraction et ne commença pas à peser trop lourd sur eux deux pour qu'ils se sentent à l'aise.

"Purab..." commença-t-elle doucement, au bout d'un moment.

"Oui ?"

"Est-ce que tu.... Est-ce que tu...", elle a du mal à trouver ses mots.

"Es-tu ... vraiment sérieux à propos du paiement de la facture ? Je ne pense pas..."

"Oui, c'est ça", lui dit-il, "n'y pense pas".

"Non, je veux dire que je ne pense pas que ça marchera. Laisse-moi payer ma part."

"Tu ne feras rien de tel..." Il secoue la tête fermement.

"Pourquoi ? S'il te plaît, Purab, dit-elle sincèrement, laisse-moi payer. Je suis ton amie, pas ton cavalier".

Elle commençait à lui taper sur les nerfs. Pourquoi ces filles ne comprenaient-elles pas les choses simples ? Pourquoi étaient-elles si têtues ?

"Oui, et je fais une gâterie à mon amie. Plus de discussions."

"Je ne voulais pas me disputer", dit-elle, penaude, "mais je trouve que ce n'est pas juste. S'il te plaît, Purab, laisse-moi payer. Je me sentirai très coupable si tu gaspilles ton argent comme ça."

Oh, mon Dieu ! Il a envie de lui tenir les épaules et de la bercer à nouveau. Que faire avec cette fille ?

"Je ne gaspille pas d'argent, Pam", dit-il carrément, "je ne fais que compenser".

Ses yeux se sont rétrécis : "Compenser ?"

Il sourit, "Pour toutes les nuits où je ne t'ai pas invitée à sortir..."

Le sang lui monta aux joues et ses yeux le regardèrent avec une incrédulité totale. Il pouvait comprendre. Même lui n'aurait jamais pensé lui dire cela un jour. Même pas dans un million d'années. Et surtout pas quand il n'y a pas lieu de mentir.

Elle baissa légèrement la tête, manifestement gênée. Cette déclaration avait, certes, ajouté à sa déconfiture mais aussi, d'un autre côté, fait taire toutes ses protestations. Le reste du voyage se déroula sans un mot, elle marchait docilement à ses côtés, ne levant que les yeux et regardant autour d'elle, essayant tant bien que mal de déchiffrer l'endroit où ils se rendaient.

Elle prit finalement la parole lorsqu'ils passèrent devant un bosquet d'arbres, bordant un sentier étroit : "Sommes-nous arrivés ?". "Presque", répondit-il en souriant, à la fois à elle et à lui-même. Il avait délibérément choisi un autre chemin. Sinon, il n'aurait sûrement pas gardé la surprise.

Ils arrivèrent au bout du bosquet où des lumières étaient visibles de loin. Elle le regarda avec curiosité. Il acquiesce.

Malgré son apparente nonchalance, la nervosité de Purab était montée en flèche. Il venait de prendre un risque. Mais rien ne lui disait comment cela allait se passer.

Les deux hommes quittèrent le bosquet pour s'engager sur une autre petite route, où l'on pouvait apercevoir un bâtiment à une certaine distance. Le rythme cardiaque de Purab s'accéléra lorsqu'ils traversèrent la route transversalement pour marcher jusqu'au bâtiment. Pamela regardait devant elle, curieuse, les yeux plissés, l'architecture du manoir lui semblant quelque peu familière. Cette vue apporta un peu de répit à Purab. Il était en effet sur la bonne voie.

Soudain, Pamela bondit en avant, s'éloignant de lui, totalement engourdie par le choc. Elle poussa un grand cri en regardant, au-delà des grilles, l'enseigne violette clignotante en forme d'ampoule au néon qui se trouvait à l'avant de l'immeuble. Nirvana". Purab se tenait près d'elle en souriant. En effet, elle n'était jamais venue ici, bien que l'endroit soit si proche de chez elle. Du moins, pas comme elle l'aurait voulu.

Elle s'est retournée vers lui, souriant avec gratitude, les yeux remplis. Purab lui sourit de manière rassurante. "Viens, entrons", dit-il doucement. Les lèvres de la jeune femme frémissaient. Ses mains tremblaient et elle restait figée sur place, hésitante. Mais Purab n'a pas hésité. Il a levé un bras et lui a tapoté l'épaule. "Venez", répéta-t-il, la faisant se retourner vers lui et lui lançant un regard vide, un peu craintif. Cet endroit a souffert de son ignorance totale à ton sujet", dit-il gentiment en lui adressant à nouveau son sourire, "Le temps est venu de crier à haute voix : "Hé, le monde, c'est moi".

Le piège se resserre davantage

Le moment était certainement arrivé. Tandis que la demoiselle descendait les escaliers et marchait, étonnamment totalement imperturbable compte tenu de son hésitation antérieure, avec son homme, sa beauté rayonnante et sa grâce séduisante jetèrent un sort à tout l'étage, comme une couverture soudainement jetée par-dessus. Les têtes se tournèrent d'elles-mêmes, les yeux s'écarquillèrent de surprise et se rétrécirent de jalousie, les bouches restèrent ouvertes. De nombreux visages, familiers ou non, étaient figés, captivés, hypnotisés par l'arrivée inattendue d'une nouvelle aube.

La poitrine de Purab se gonfla de fierté tandis qu'il la guidait parmi les tables, observant avec un plaisir marqué la vue des garçons consternés, comme d'habitude, désespérant de leur chance par rapport à la sienne de s'en tirer avec le meilleur, et la consternation des filles qui le trouvaient une fois de plus avec quelqu'un d'autre et qui étaient impuissantes à protester. Les serveurs habituels lui adressaient un sourire approbateur en marchant. Même certains membres du groupe, qui ne jouaient pas en ce moment, suivaient continuellement et curieusement leurs mouvements autour des tables. Bien sûr, Purab Chaddha et son choix n'avaient rien à leur envier.

Le sourire de Purab s'élargit encore lorsqu'ils passèrent tous deux devant une autre table, où étaient assis deux personnages très familiers. Pamela n'y prêta pas attention, mais Ritesh Dogra se retourna et haussa les sourcils de surprise à la vue de sa forme qui lui faisait de l'œil. Purab marche derrière elle.

Il se retourna et salua son aîné d'un signe de tête. Ritesh lui rendit son sourire et pencha la tête, son visage ne cachant pas qu'il était très impressionné. Le cœur de Purab fit un petit bond, ravi d'avoir reçu un signe d'admiration de la part d'un des rares aînés qu'il respectait sincèrement.

Ils choisirent tous deux une table située près de la piste de danse et s'y installèrent. Sa nervosité dissipée, l'excitation de Pamela se libère peu à peu, comme en témoigne son incapacité à rester assise. Elle ne cessait de regarder autour d'elle, les gens assis, les décorations autour des énormes piliers blancs, les serveurs qui tournaient autour, la piste de danse à carreaux noirs et blancs, les escaliers recouverts de marbre rouge qui menaient à une estrade où un orchestre de quatre musiciens jouait en ce moment un air mélancolique.

Purab la regarde en souriant. Son innocence enfantine ne faisait que magnifier la beauté qui l'avait généreusement ébloui il y a quelques temps au clair de lune. Elle était un rêve à contempler, une pensée à chérir, un sentiment à aimer...........

Elle se retourna et rencontra ses yeux fixés sur elle. Elle tressaillit légèrement devant son amusement visible face à son comportement et se recula avec raideur. Réprimant son envie de rire à haute voix, Purab regarda le menu posé sur la table.

Elle haussa les épaules : "Vous commandez..."

Il sourit, "Tu es d'accord avec ça ?"

"Absolument."

"Ce ne sera peut-être pas ce que tu veux", dit-il en se rappelant les gaffes qu'il avait faites lors de ses précédents rendez-vous.

Elle sourit : "Tu sais toujours ce que je veux...".

Le plaisir bouillonnant dans son cœur, Purab prit une carte et fit signe à un serveur. Il avait encore quelques appréhensions au moment de passer la commande, optant pour ses plats préférés et mettant de côté les inquiétudes concernant les choix de sa compagne, ses problèmes de poids et la pratique supposée "non hygiénique" de manger un plat non végétarien devant une fille, et tandis que le serveur s'éloignait, il esquissa un sourire gêné : "Voyons comment ça se passe", murmura-t-il.

Elle continue de lui sourire, paraissant totalement détendue : "Ce sera parfait, comme c'est toujours le cas avec toi..."

Soulagé, Purab laisse échapper un soupir silencieux et, pendant un moment, se joint à elle pour regarder l'orchestre et les couples qui se lèvent lentement et se dirigent vers la piste de danse.

"Ils jouent bien. commente Pamela.

"Oui, répondit-il, chaque nuit est une célébration.

"Qu'est-ce qu'on fête ?" demanda-t-elle.

Il se tourne vers elle. Il était fatigué de répondre à cette question encore et encore. Mais elle était son cavalier maintenant et c'était à lui de l'amuser.

"Cela dépend des personnes impliquées", dit-il d'un ton égal, "si vous avez une raison de faire la fête".

"Moi ? Bien sûr", dit-elle en riant, "Ce n'est pas tous les jours que j'ai l'occasion de dîner dans un restaurant de luxe avec un beau gosse".

Les joues de Purab s'enflamment. C'est fou ce qu'il a pu faire ! Il n'avait jamais pensé qu'il s'emporterait de la sorte en découvrant la vérité sous-jacente à tous ses rendez-vous. Sortir avec Purab Chaddha était une fête.

"Avec tous les frais payés..." plaisante-t-il, cachant sa timidité évidente.

"Ça aussi", dit-elle en riant, "J'espère que ça ne va pas faire un trou dans ta poche".

"Pas la mienne. C'est une poche énorme". Il répondit.

"Alors peut-être que j'aurais dû commander le homard". dit-elle d'un air maussade.

Ils rient tous les deux.

"La poche n'est pas si grande que ça". Il a parlé.

"Suffisamment pour accueillir le cœur de quelqu'un. C'est ce qui compte."

Il rit à nouveau : "L'argent n'est pas tout..."

"C'est juste l'une des choses dont on a besoin pour glisser le cœur à l'intérieur..." Elle rit.

Il se sentait bizarre. Personne n'avait été aussi franc avec lui. Et il ne pensait certainement pas qu'elle le ferait.

"Alors, quel est celui", dit-il, jouant le jeu, "qui vous a le plus impressionné ?"

Elle rit : "Vous voulez la vérité ou un mensonge ?"

"Ce qui sonne le mieux ?"

"Alors c'est définitivement l'argent..." dit-elle avec détermination.

Il se sentit piqué. Elle était vraiment trop franche.

"C'était la vérité ?" demanda-t-il.

Elle lui sourit, ses yeux pétillant de malice.

"Décide-toi toi-même". Elle haussa les épaules et reporta son regard sur la piste de danse.

Il la regarda d'un air incertain. Comment le saurait-il ? Il la connaissait à peine........

Elle se retourna vers lui. "Ça n'a pas l'air mieux ?" demanda-t-elle.

"Euh... eh bien...", hésita-t-il.

"Vous, les hommes !" Elle se plaignit à voix haute, comme si elle avait attelé une couvée à la maison, "Vous avez des problèmes avec tout. Des homards aux mensonges..."

Son cœur s'immobilisa. Ce qui sonnait le mieux. Elle a menti en disant que seul son argent comptait. En vérité....

Elle but une gorgée d'eau. "Qu'est-ce qui sonnerait bien ?" demanda-t-elle ensuite.

"Tout ce que tu voudras...", a-t-il répondu.

Elle a haussé les sourcils. Il n'a pas sourcillé. Elle haussa les épaules et chercha le serveur du regard.

"Ils prennent beaucoup de temps..." dit-elle.

"Contrairement à vous..." répliqua-t-il.

Elle sursauta un peu, "C'était censé être un compliment ?".

Il sourit, "Décide-toi toi-même".

Elle secoue la tête. "Aucun problème."

Il rit : "C'est mieux."

Elle sourit. Le serveur arriva à ce moment-là, portant un plateau avec les plats.

Lorsqu'elle porta la cuillère à sa bouche, Purab sentit une vague d'appréhension monter à nouveau dans son esprit. Il s'était aventuré avec des dizaines de filles, mais il n'en avait pas encore trouvé une dont les goûts correspondaient aux siens. Il avait reçu toutes sortes de commentaires. Trop épicé, trop épais, trop "calorifié".

Mais toutes n'ont pas répondu de la même manière. Certains n'avaient rien dit par pure politesse, mais l'expression de mécontentement s'était attardée sur leur visage pendant quelques instants. D'autres, au contraire, lui ont épargné cette peine en optant pour leur propre choix.

À son grand soulagement, l'épreuve se déroula sans encombre. Elle goûta la sauce et termina le reste de son assiette sans aucun commentaire ni changement dans les traits de son visage, le laissant perplexe sur ce qui s'était passé dans son esprit à propos du plat. Il ne cessait de la regarder, frustré, dans l'espoir d'obtenir la moindre idée. Mais elle continuait à manger avec nonchalance et Purab décida que c'était probablement le mieux qu'il puisse obtenir.

Elle avait de nouveau porté la cuillère à sa bouche et ses yeux n'avaient pas quitté son visage, même s'il savait que cela ne servait à rien. Il regardait ses lèvres courir sur la cuillère remplie. Ses lèvres avaient l'air succulentes, pulpeuses, d'un rouge éclatant dans la lumière argentée du réfectoire. Leurs courbes devenaient plus pointues lorsqu'elle retirait la cuillère de sa bouche, l'humidité qui en résultait ajoutant à leur plénitude invitante. Purab se souvient de ces pommes juteuses et extraordinaires que son oncle avait ramenées de Shimla. Ummm.......Il se demandait ce que ce serait de les embrasser ou d'être embrassé par elles....

Elle s'arrêta de manger et le regarda fixement. "À quoi penses-tu ? demanda-t-elle.

Il sursaute. Avait-elle réalisé ce qu'il avait en tête ? C'est pas vrai !

"Euh... rien de particulier...", dit-il prudemment, "Juste que... euh... c'est une belle nuit... et.......

euh...un...bel endroit avec une belle personne..."

Elle secoua la tête, semblant s'ennuyer, et reprit son repas. "Gardez ça pour vos prochains rendez-vous..."

Il s'arrêta de boire de l'eau dans le verre qu'il avait ramassé nerveusement, "Futurs rendez-vous ?"

"Oui, répondit-elle, le présent ne le justifie pas. Asseyez-vous et détendez-vous."

Il la regarde. "Que veut le futur ?"

Elle haussa les épaules : "Qui peut bien le savoir ? Quelqu'un l'a vu ?"

"Nous le voyons tous. Comme nous le voulons", a-t-il répondu. "Comment voyez-vous votre avenir ?"

Elle n'a pas quitté son assiette des yeux : "Qu'est-ce qu'il y a à voir ? Les mêmes cours, les mêmes notes, la même table de cantine, le même thé." Elle a levé la tête : "Mon avenir n'est pas aussi imprévisible que le tien..."

La cible se débat.... Et abandonne

Il se sent déprimé. Cette belle rencontre était-elle censée se terminer ainsi ?

D'un autre côté, n'était-ce pas la vérité ? Il la regarda, toujours en train de manger, comme si cette simple déclaration ne l'avait pas affectée. Comme si elle savait que cette réalité de rêve qu'ils avaient vécue allait se terminer avec le jour. Il n'y avait rien de mal à cela, mais ce n'était pas du tout ce qu'il avait voulu lui faire croire.

Qu'allait-il faire maintenant ? Que pouvait-il dire pour qu'elle se sente un peu mieux, elle, la correction de la réalité ? Mais à quoi bon ? N'est-il pas toujours préférable de dire la vérité telle qu'elle est ? D'ailleurs, qu'allait-il gagner à la faire tomber dans cette même illusion qu'il avait fait miroiter à tous ses autres rendez-vous ? A quoi bon faire du mal à quelqu'un que le reste du monde a de toute façon blessé au-delà de toute mesure ?

Il s'émerveillait de la résistance de cette fille simple à l'allure faible. Il avait cru qu'il la mettrait à plat en deux minutes lorsqu'il l'avait abordée. Et pourtant, même maintenant, même après avoir admis qu'il avait tout en lui pour glisser un cœur dans sa poche, un homard avait plus de pouvoir pour retenir son attention que lui. C'est lui qui n'a plus d'espoir. Il n'avait plus aucune ligne de conduite. Elles étaient destinées à l'avenir.

Mais l'avenir devait-il être tel qu'on le voyait ? Alors que tout ce qui s'était passé aujourd'hui était si inhabituel, pourquoi cela devrait-il culminer en quelque chose de tout à fait habituel ? Il pouvait cesser de rencontrer une fille avec laquelle il était sorti, mais quel mal y avait-il à passer du temps avec une amie ?

Un ami ? Qui se moque de qui ?

Il se sentait plus troublé qu'il ne l'avait jamais été dans sa vie. Il avait besoin de toute urgence de faire quelque chose pour éloigner cette pensée. A la fois d'elle et de son esprit. Mais il ne pouvait plus lui mentir. Cela ne servait à rien.

La distraction semblait être la seule option. "Je parlais de votre avenir Pamela, dit-il lentement, que vous voyez-vous faire dans les années à venir ?

Elle le regarda d'un air dubitatif pendant une seconde, puis se redressa et haussa les épaules. Puis elle se redressa et haussa à nouveau les épaules : "Ça aussi, c'est prévu. Dès que j'aurai terminé mes études, je me concentrerai sur l'aspect clinique afin de pouvoir éventuellement ouvrir mon propre cabinet. Mon oncle est psychiatre. Il m'a déjà proposé d'étudier et de travailler dans son hôpital." conclut-elle avec un peu de désinvolture. Admirable. Tout lui est offert sur un plateau d'argent. Ce qui n'était que justice dans son cas....

"Et c'est ce que tu veux vraiment ? demanda-t-il. Elle plisse les yeux : "Que veux-tu dire ?"

"Je veux dire que vous avez voulu vous lancer dans la psychologie de votre propre chef ? Ou y a-t-il eu une influence parentale ?"

Elle sourit : "Non, pas d'influence parentale, mais mes parents ont accueilli favorablement ma décision et m'ont encouragée tout au long du processus. J'ai toujours voulu faire de la psychologie et je suis assez contente de la façon dont les choses se passent. Pour ce qui est de l'envie, je dois admettre que c'est bien, mais ce n'est pas exact....".

"Qu'est-ce que c'était alors ?" Il s'intéresse à la question.

Elle baissa ses cils épais comme si elle avait voulu faire des films pornographiques au lieu de faire un ennuyeux diplôme de psychologie. "J'ai toujours voulu faire de la psychologie, mais pas de la manière dont je le fais. Mes parents n'étaient pas du tout d'accord et mon oncle a fini par me convaincre que ce n'était pas un bon choix de carrière pour une fille."

Il acquiesça d'un air compatissant. Il hocha la tête d'un air compatissant. C'était tellement typique d'elle de suivre les désirs des autres plutôt que les siens.

"Ce que je veux dire, c'est que lorsque j'ai choisi la psychologie parmi les différentes matières, ce n'était pas dans l'intention de me spécialiser en psychologie clinique. Je voulais autre chose..." Elle s'interrompt.

"Elle s'arrêta. demanda-t-il simplement.

Les joues de la jeune femme se colorèrent de rose. Il s'accentua lorsqu'elle dit à voix basse : "En fait, je voulais faire de la psychologie criminelle".

Il sourit. Une fille innocente qui voulait en savoir plus sur les criminels ? Voilà qui était intéressant.

Son amusement la mit d'autant plus mal à l'aise. Elle poursuivit néanmoins : "Je le pense vraiment. L'esprit humain, avec toutes ses caractéristiques et ses complexités, est une étude passionnante, mais celle d'un criminel l'est encore plus. Le comportement humain normal peut être tellement prévisible. Il est parfois possible d'expliquer chaque aspect du fonctionnement de la psyché d'une personne. Mais les criminels, eux, sont d'une toute autre nature. Se plonger dans l'esprit d'un délinquant, découvrir les complexités qui s'y cachent, découvrir ce qui le pousse à agir comme il le fait, c'est un véritable défi. Après tout, en dehors de l'enseignement, le sens de ce qui est bien et de ce qui est mal est profondément ancré en chacun de nous..." Son enthousiasme augmentait à chaque mot.

Ce qui pousse quelqu'un à surmonter tous ces obstacles et à succomber à la tentation de faire quelque chose de tout à fait incorrect, c'est tellement mystérieux, tu ne crois pas ?

Purab s'est à moitié dérobé à son regard, se sentant envahi. Il avait presque l'impression qu'elle le prenait aussi pour un criminel et qu'elle voulait pénétrer dans son esprit. Quelle impudence ! Il avait tant fait pour elle et elle devait encore le considérer avec censure et cynisme, lui et les raisons pour lesquelles il était avec elle.

"Vous avez déjà lu des livres d'Agatha Christie ? demanda-t-elle. Il ne répondit pas.

"La chose que j'aime le plus dans ces livres, c'est l'éloge élaboré qu'elle fait des émotions humaines. La psychologie derrière ce qui pousse une personne à commettre un crime est déversée sans retenue dans ces paragraphes. C'est une merveille à couper le souffle ! Elle s'extasie : "Elle fait apparaître les motifs les plus simples comme un réseau complexe de subtilités, de significations cachées et de sentiments interconnectés".

Comme elle le faisait avec lui ?

"C'est à se demander à quel point nous sommes tous des êtres humains compliqués", sourit-elle. "En fait, je dois dire que ce sont ces livres qui m'ont donné le goût de la psychologie".

"Cool !" Il ne trouva rien d'autre à dire.

Elle baisse les yeux, puis les relève soudain : "Et toi, Purab ?".

Il sursaute à nouveau : "Moi ?

Elle a bu une gorgée de son verre, "Oui, toi", a-t-elle dit, "Qu'est-ce qui t'a poussé à choisir la pharmacie ?"

Ah ça ! Il sourit : "Rien d'extraordinaire, j'en ai peur. Il n'y avait rien qui me faisait vraiment envie. J'avais des notes correctes, mais je n'avais aucune idée de mes ambitions professionnelles. Finalement, je me suis contenté de suivre la tradition familiale."

"La tradition familiale ?"

Il acquiesce : "Mon père est dans la pharmacie. Mon oncle aussi. J'ai plongé comme tous les autres. Je ne le regrette pas, même si aujourd'hui je ne trouve pas que ce soit un sujet de prédilection."

Elle boit encore une gorgée d'eau puis dit lentement : "C'est vraiment dommage que vous sachiez....".

"Hein ?" Il a haussé un sourcil.

"C'est vraiment dommage que vous le sachiez. Car vous êtes une personne plus adaptée à la psychologie."

Il sourit, très amusé et étonné.

Elle poursuivit sur le même ton sérieux : "Les qualités et la personnalité que vous avez sont inestimables pour un psychologue. Vous avez cette étrange capacité à évaluer une personne avec une grande précision en un seul coup d'œil. Vous pouvez sentir en un clin d'œil ce que l'autre pense, ce qu'elle souhaite, ce qu'elle est prête à faire ou à ne pas faire et vous adapter en conséquence sans aucun problème pour répondre à ces exigences. Vous pouvez charmer n'importe qui. Faire en sorte que n'importe qui vous aime. Faire en sorte que n'importe qui agisse comme vous le souhaitez. Le travail d'un psychologue devient tellement plus facile s'il possède ces caractéristiques si intrinsèquement semblables aux vôtres. Je veux dire que c'est ce qu'un psychologue est censé faire. Faire faire à ses patients ce qu'il veut sans les blesser".

Le cœur de Purab rayonne de plaisir. Les gens avaient toujours été impressionnés par ses capacités, mais personne ne les avait jamais louées aussi ouvertement. Personne non plus n'avait jamais mis en lumière une telle dimension, dont la noblesse était inscrite sur chaque facette.

"C'est dommage que tu n'aies jamais pensé à te lancer dans la psychologie. Vous auriez fait fortune..." dit-elle d'un ton morose.

Il rit : "Tant mieux pour vous".

Elle sourit, "Oui, c'est bien pour moi...", et son regard se porte à nouveau sur la piste de danse.

Elle se tourna à nouveau vers lui : "Tu as su tirer profit de tes qualités. Mais il y a encore beaucoup de choses à gagner. Crois-moi, je ne mens pas. Il n'est pas donné à tout le monde de trouver ce que les autres veulent au bon moment, de se mouler dans leur vie comme il faut et de garder le sourire en permanence. Ce n'est pas étonnant que tu sois si populaire. Je me demande parfois si j'aurais été un peu comme toi...", s'arrête-t-elle.

Purab, dont la tête commençait à nager dans les nuages à chaque ligne, fut lui aussi surpris par cette fin abrupte. Il regarda vers elle, fixant dans un silence triste la piste de danse et les couples qui s'ébattaient autour d'elle.

Elle ressemblait à une idole de beauté, perdue dans une contemplation amère, les restes d'un rêve impossible encore dans ses yeux. Le rêve de quitter une fois son trône royal pour rejoindre les autres et être accueillie par eux. D'être reconnue et acceptée par les autres, telle qu'elle était. De remplacer cette éternelle solitude, celle qu'elle s'impose, par les délices d'une joyeuse compagnie. Pour une fois, profiter de la vie et rechercher ces plaisirs que d'autres obtiennent si facilement et naturellement. Pour une fois, être traitée comme un être humain normal, comme eux.

Purab sentit cette douleur familière l'envahir à nouveau. Il avait déjà ressenti l'horrible sentiment d'isolement qu'elle avait enduré sans effort jusqu'à présent. Il n'aurait pas pu supporter ne serait-ce qu'une minute dans un tel enfer. Quelle horreur que d'avoir vécu près d'une vie entière dans un tel état. Tout cela parce qu'elle était différente des autres.

Mais qu'avait-elle de si différent ? Il avait passé une journée entière avec elle et n'avait rien trouvé d'extraordinaire. Elle parlait et se comportait comme une fille ordinaire, s'amusait et se laissait séduire par des tours qui fonctionnaient sur tous les autres et prenait toutes les peines du monde à mériter que son groupe soit considéré comme le "beau sexe". Pourtant, il savait au fond de lui qu'elle était spéciale. Dieu avait voulu qu'elle soit différente des autres. Et maintenant, c'était à lui de se mettre dans la même catégorie.

Après tout, tous ceux qui l'avaient rencontrée n'avaient pas eu cette chance. Tout le monde n'avait pas la capacité de réparer les torts qui lui avaient été causés, sauf lui. L'ironie de la chose, c'est que la réponse était très simple. Il allait être différent en la traitant de la même manière. Il ne pouvait rien faire pour son passé, il n'avait peut-être aucune prise sur son avenir, mais son présent était comme un livre ouvert devant lui. Pour l'instant, elle était son rendez-vous. Et comme tous ses autres rendez-vous, son souhait était sa commande......

"Voulez-vous danser ?

Pamela commença et se tourna vers lui, choquée. Elle avait l'air de ne pas être sûre de ce qu'elle venait d'entendre.

"Quoi ? Elle confirma ce qu'elle venait d'entendre.

"Voulez-vous danser, Pamela ?" répéta-t-il doucement.

"Euh...", dit-elle, "Euh... Non...".

"Pourquoi ?"

"Comme ça...", répondit-elle, troublée.

Qu'est-ce qui l'arrête ? Elle regardait les danseurs avec tant de nostalgie et voilà...

"Tu es fatiguée ?"

"Non, dit-elle, pas du tout...

"Alors vous pouvez m'accorder une danse. Je veux danser."

Elle semble à nouveau nerveuse. "Je suis désolée." Elle dit presque inaudiblement et détourne le regard, embarrassée. Purab se rendit compte de l'énormité du pas qu'il venait de franchir. Personne ne s'était jamais donné la peine de lui parler et encore moins d'essayer de la courtiser avec un vrai motif. Il avait certainement fait un grand pas en avant à cet égard.

"Tu te sens timide, Pam ? demanda-t-il doucement. Elle ne répondit pas et ne se retourna pas.

Il sourit. Il y avait quelque chose en elle qui vous donnait automatiquement envie d'aller vers elle. Ce qui ajoutait au piquant, c'était son refus total de l'accepter.

"C'est bon, Pam, dit-il d'un ton enjôleur, ne t'inquiète pas. Je ne ferai pas de dégâts. Je ne suis pas si mauvais danseur."

Elle s'est retournée : "Ce n'est pas le problème, Purab. Je sais que tu danses très bien. C'est moi. Je ne sais pas danser..." Il a été pris de court, "Pourquoi ? Quel est le problème ?"

Elle rougissait maintenant, "Je ne peux pas."

"Pourquoi ? Je veux savoir. Quelque chose te préoccupe, Pam ? Dis-moi, peut-être que je peux faire quelque chose."

"Tu ne peux rien faire, Purab."

"Peut-être que je peux. Si cela me permet de danser avec toi."

"Pourquoi veux-tu danser avec moi ?"

"Parce que tu en vaux la peine." Son malaise a semblé s'aggraver par sa simple déclaration : "Maintenant, dis-moi ce que c'est ?"

"Ce n'est pas grand-chose. C'est juste que.... Je ne sais pas danser." Elle s'est lancée et a rougi encore plus fort. Purab rit tout haut.

"Oh. Allez Pam", dit-il, "Ce n'est pas un problème".

"Si, Purab. Tu ne vois pas que ce n'est pas toi mais moi qui vais mettre le bazar."

"Tu ne peux jamais faire de gâchis", dit-il d'un ton rassurant, "Essaie juste une fois".

Elle secoue la tête : "Ce n'est pas le bon moment."
"Rien ne peut être mieux que ça." Il a répliqué.

"S'il te plaît, Purab", dit-elle en le regardant d'un air suppliant.

"Ne t'inquiète pas Pam, pourquoi suis-je là ? Je t'apprendrai...."

"Non..." dit-elle en prenant peur.

Son visage était si pauvre que Purab avait envie de se frapper pour l'avoir affligée. Mais il fallait le faire. D'ailleurs, il avait fait tellement de premières avec elle. Il n'avait pas honte de l'admettre. Il était avide d'en savoir plus.

"Tout le monde peut danser, Pam", dit-il avec désinvolture, "Tout le monde avec un corps et deux jambes". Et il laissa son regard glisser le long de son corps galbé jusqu'à ses escarpins noirs. Seulement, il ne le faisait pas pour confirmer.

Elle ne l'avait pas remarqué dans son agitation : "Et les connaissances aussi". Elle craqua.

Il ne broncha même pas, "Allons Pam, pourquoi en faire tout un plat ? Tu crois que ces gens-là..." il fit un signe vers les couples, "sont des danseurs accomplis et entraînés ? Il suffit de sentir la musique et de se laisser porter par ses pieds. Qui se préoccupe des autres ? Ne me dites pas que vous n'avez jamais mis les pieds sur une piste de danse de votre vie."

"Ce n'est pas le cas, mais la situation est totalement différente", dit-elle avec un désespoir évident, "Il ne s'agit pas d'une maudite cérémonie de mariage où les pas n'ont aucune importance. En fait, rien ne compte sauf l'énergie et le plaisir. Ce n'est pas la même chose ici."

"Pourquoi ?"

"C'est une salle réservée, avec un orchestre sophistiqué et une valse organisée en cours. Tu ne peux pas t'attendre à la même mêlée désordonnée ici... S'il te plaît, Purab...", dit-elle, comme si elle implorait sa pitié.

Il pouvait être sauvagement cruel s'il le voulait, "Je sais que Pam est un peu injuste envers toi, mais il y a des moments où il faut savoir lâcher prise. Oublier tous les risques et les soucis. Abandonner toutes les peurs. Et une fois de plus, vous semblez avoir besoin d'aide pour cela. Je sais que tu as placé ta foi en moi, même dans des situations où je ne le méritais manifestement pas. Mais," il lui tendit la main, "je vous demande de le faire une fois de plus..."

Elle n'avait pas menti. Elle disait vraiment la vérité quand elle disait qu'elle ne savait pas danser. Mais elle ne lui avait jamais vraiment menti, n'est-ce pas ? Une fois, Purab eut l'impression d'être entraîné hors de la piste de danse alors qu'elle marchait bien au-delà de la musique, jusqu'à ce qu'il lui dise gentiment que c'était lui qui devait la guider.

Elle rougissait de temps en temps et se tortillait dans ses bras, sans être le moins du monde affectée par cette nouvelle expérience. Elle frissonna lorsqu'il dut resserrer sa prise sur sa taille pendant un moment pour la conduire à un autre endroit.

Ses pieds constituaient un autre danger. Ils supportaient des jambes bien galbées, comme il l'avait vu le matin, mais ici, ils ne semblaient pas savoir où ils allaient. Ils lui donnaient des coups de pieds dans leurs tentatives désespérées de suivre la fluidité des rythmes. Chaque fois qu'elles changeaient de direction ou ralentissaient le rythme de la musique, Purab sentait un coup sur son pied, parfois par l'extrémité de l'orteil, parfois par le talon pointu de ses chaussures. Ces coups ne lui faisaient pas particulièrement mal, sauf une fois, mais ils augmentaient lentement son exaspération et il devait admettre qu'enseigner à la jeune fille était vraiment une tâche herculéenne comme elle l'avait prétendu.

La fille n'avait absolument aucun talent pour la danse. Mais chaque joli regard d'excuse qu'elle lui lançait à chaque occasion contribuait fortement à apaiser sa colère. Tandis qu'ils dansaient tous les deux, son visage rayonnait et une joie indéniable étincelait dans ses yeux, tandis qu'elle regardait autour d'elle, ravie de faire partie de la foule habituelle. Sans les insultes et les humiliations habituelles, mais simplement en acceptant tranquillement ce qu'elle était, sans attendre de transformation.

Purab a souri lorsqu'elle l'a regardé avec une immense gratitude, des larmes remplissant les coins de ses yeux, puis a timidement baissé la tête, comme si elle avait peur de révéler sa nostalgie de ces moments depuis une éternité. Et il oublia aussitôt tous ces petits tracas qui l'accablaient pour l'instant. Sa beauté saisissante, sa timidité et la satisfaction d'avoir réalisé son plus grand souhait sans même qu'elle l'ait demandé réchauffèrent le cœur de Purab comme il ne l'avait jamais fait de sa vie.

Il a regardé son visage rayonnant, totalement enchanté, réalisant que tout ce qu'il avait donné à ses rendez-vous précédents n'était qu'une sorte de plaisir égoïste d'attentes satisfaites. Aujourd'hui, pour la première fois, il avait tendu la main à quelqu'un. Ses précédents rendez-vous s'étaient tous délectés de ses cadeaux, de ses mots, de ses efforts, tous entraînés à laisser ce plaisir couler comme du vin dans leur tête. Aujourd'hui, il pouvait se rendre compte pour la première fois de ce que c'était que de rendre quelqu'un vraiment heureux. Il pouvait le voir de ses propres yeux. Juste là. Rien d'autre. Juste un bonheur pur, sans artifice.

Mission accomplie

« J'espère que tu as apprécié la soirée autant que moi", dit-il alors qu'ils rentraient chez elle. Elle l'a regardé d'un air agacé : "Bien sûr que oui !" s'est-elle exclamée, "Tu en doutes ?".

Purab sourit mais ne dit rien. Il se contente de contempler l'adorable apparition qu'est cette femme qui marche, immergée dans l'ombre d'une joie immense, sous le clair de lune flamboyant, à côté de lui. Quelques instants de plus, pensa-t-il amèrement, et cette joie serait perdue à jamais. Il ne savait pas s'il devait en être triste ou heureux d'avoir enfin prouvé qu'Aastha avait tort.

Mais en vérité, il n'avait jamais fait moins que d'obtenir quelques sourires, même si cela avait été l'une des tâches les plus difficiles au monde, ses propres capacités n'étant elles aussi qu'un simple point d'interrogation pour lui. La journée s'achevait enfin et, chose choquante, il avait encore l'impression que son énergie n'avait fait fondre que la partie émergée de l'iceberg....

"Purab..." dit-elle doucement, presque dans un murmure.

"Oui ? Il la regarde avec curiosité.

"J'ai réfléchi à ce qui s'est passé ce soir. Et je crois que j'ai une solution parfaite pour le problème qui s'est installé".

Il était amusé. Il avait lui-même totalement oublié que, techniquement, c'était son problème.

"Lequel ?"

"Tu as dit à tes amis qu'ils étaient sortis avec moi", dit-elle sans sourciller, "parce que quelqu'un t'a mis au défi de le faire".

Purab s'arrêta dans son élan, la regardant d'un air horrifié, le cœur serré. L'avait-elle su ? Elle avait gardé ses soupçons pendant tout ce temps et quelque chose qu'il avait fait ou dit les avait confirmés ? Ou bien quelqu'un lui avait-il dit ? Ce n'était pas vraiment la perspective de se faire prendre qui le terrifiait, c'était l'idée de lui faire du mal. Était-il devenu lui aussi un membre de la foule cruelle et insensible qui l'entourait toujours ?

"Non ! s'exclama-t-il si fort qu'elle sursauta.

"Mais pourquoi ? demanda-t-elle, surprise.

"Je ne peux pas", répéta-t-il, encore effrayé.

"Mais pourquoi ? Qu'est-ce qu'il y a ?

"Parce que.... parce que ce n'est pas la vérité !" Avait-il perdu la tête ? Depuis quand se préoccupe-t-il de la vérité ?

"Je le sais, Purab", lui dit-elle doucement. La panique a quitté son esprit comme une lumière. Dieu merci ! pensa-t-il de tout son cœur.

"Personne ne veut connaître la vérité, Purab", poursuivit-elle alors qu'ils reprenaient leur marche, "tout le monde veut un paquet de mensonges rassurants et divertissants. Ce petit bout de vérité auquel tu tiens tant peut entraîner dans ta vie bien plus de désastres que tu ne peux l'imaginer." Il n'avait pas besoin qu'on lui dise cela pour le savoir, "Mais je ne t'ai pas emmené dehors à cause d'un pari !" Il protesta.

"Nous le savons tous les deux, dit-elle sans ambages, mais les autres le savent-ils ? Ils ne seront pas plus enclins à dire le contraire qu'à accepter que tu sois sorti avec moi".

"Ils le feront quand je leur dirai que ce n'était pas un rendez-vous, juste une soirée entre amis", dit-il faiblement, même pas confiant dans ses propres paroles. Qui le croirait alors qu'il ne le croyait pas lui-même ?

Elle esquissa un sourire gêné : "Malheureusement, cela ne correspond pas vraiment à notre image, n'est-ce pas ? Toute fille vue dehors avec toi sera considérée comme ta cavalière, qu'elle le soit ou non..." elle soupira, "Et tout homme qui sortirait avec moi serait un crétin aux yeux de tous. Je ne permettrai pas que cela t'arrive, Purab. Alors s'il te plaît, fais ce que je te dis. Cela ne me dérange pas, ne t'inquiète pas. Tout le monde sera content si nous prenons la route."

"Oui, tout le monde...", dit-il d'un air contrarié, "mais pas toi". Elle tressaillit à la note accusatrice de sa voix. "Essaie de comprendre, Purab", dit-elle exaspérée, "Est-ce que je serai heureuse de te voir rire, être raillé par tes amis ?"

Le supporterait-il lui-même ? Il se le demande. Ce n'était pas vraiment une mauvaise idée, maintenant qu'on y pense. Personne ne perdait rien, tout le monde gagnait quelque chose....

"Si je me souciais tant que ça de ce que pensent ces gens, je ne t'aurais pas invitée à dîner Pam", dit-il, "De plus, s'ils sont vraiment mes amis, ils ne devraient pas se moquer de moi parce que j'ai un rendez-vous. Ce n'est pas quelque chose de nouveau que j'ai fait".

"Mais le rendez-vous, c'était moi !" dit-elle avec irritation, "Ce n'est pas vraiment la même chose..."

"Pourquoi ? N'es-tu pas un être humain ? N'est-ce pas ton droit d'avoir des amis ? N'est-ce pas ton droit de t'amuser ? N'est-ce pas ton droit d'être heureuse ?"

Elle le regarda d'un air effaré, comme si personne ne lui avait jamais dit cela. Cela l'attrista. Il avait vraiment tardé à venir la voir.

L'envie de la serrer dans ses bras pour la réconforter était très forte. Et tout ce que Purab a pu faire, c'est lui tapoter doucement l'épaule : "Les gens qui ne peuvent pas comprendre quelque chose d'aussi simple ne méritent pas d'être appelés des amis, Pam. Tu es aussi mon amie et je ne vais pas blesser un ami pour en apaiser un autre. Je ne vais certainement pas faire ce que tu as suggéré et je me fiche éperdument de ce que pensent les autres. S'il te plaît, dit-il alors qu'elle ouvrait la bouche pour protester, je ne veux plus de discussion sur ce sujet. Viens, dépêchons-nous, la nuit tombe..."

Elle continua à le fixer pendant qu'ils marchaient ensemble en silence et lorsqu'une fois il se retourna et la regarda dans les yeux, il vit, à part un peu de douleur, une petite dose de gratitude qui le rendait heureux de ne pas être tombé dans ces piètres normes auxquelles son esprit méfiant continuait à l'associer, en réussissant le test avec brio. Il avait l'impression d'être un hypocrite, de l'avoir fait sortir pour un pari mais de refuser totalement de reconnaître le fait. Comment pouvait-il continuer à se comporter comme une ordure ?

Il commençait à être tenté de lui dire la vérité, de se soulager. Il était sûr qu'elle lui pardonnerait. Et puis quoi ? Cela ne la blesserait-il pas à nouveau ? Les souvenirs qu'il lui avait donnés ne s'évanouiraient-ils pas en un clin d'œil ? Ne le remettrait-elle pas au rang de ces innombrables hommes qui l'avaient draguée pour une question de prestige ? Ne serait-elle pas renvoyée dans son vieux monde de solitude dans lequel elle était enfermée depuis des mois et qu'elle désirait ardemment fuir ?

Il devait être mûr. Elle finirait par le savoir. Même si A tenait sa langue, Cherry le sac à gaz le dirait à la moitié de Ludhiana dans quelques jours. Il valait mieux qu'il le lui dise lui-même. Sinon, elle ne comprendrait jamais. Elle ne saurait jamais à quel point il se sentait blessé pour elle, à quel point il avait envie d'assassiner les gens de l'université qui l'avaient poussée à se blâmer pour tout, à quel point la raison pour laquelle il l'avait invitée à dîner n'avait rien à voir avec la bêta.........

Il se souvenait de son sourire timide qui étincelait devant lui lorsqu'ils avaient dansé. Ses yeux embués de joie, ses joues rougies par l'excitation, l'odeur de jasmin qui lui était parvenue et qui lui avait chatouillé les narines, ces mains douces qu'il avait tenues en la guidant sur la piste de danse....

Non, décida-t-il, il ne détruirait pas son bonheur ce soir en lui révélant la sordide vérité. Peut-être que le coup serait un peu plus doux une fois qu'elle aurait posé le pied sur son avenir prévisible. Qu'elle apprenne à le connaître tardivement, qu'elle le déteste jusqu'à la fin de ses jours. Mais ce soir, il ne ferait rien pour la blesser. Juste ce soir, il lui offrira le jour le plus mémorable de sa vie. Juste pour ce soir, il sera différent de tous ces hommes qui l'avaient accostée pour des paris insignifiants, du moins pour elle.

Et c'est ainsi qu'il réalisa soudain que le problème qui la préoccupait tant avait été résolu. Ces abrutis se moquaient peut-être de lui en ce moment même, mais est-ce que quelqu'un avait réussi à faire quelque chose d'approchant ? Ils étaient tous venus la voir, avaient usé d'astuces banales et éprouvées, mais leur avait-elle donné une chance de prouver leur valeur ? Tout comme lui, ils s'étaient vantés auprès de leurs amis qu'ils la convaincraient de sortir avec eux en quelques secondes, alors qu'il s'agissait de son premier rendez-vous à tous égards.

Ils avaient peut-être vu de nombreuses filles avec lui, mais ce soir, ils avaient assisté à quelque chose qui ne s'était jamais produit auparavant. À tous égards, ils étaient tombés en dessous de Purab Chaddha, ce qu'ils avaient toujours été de toute façon. Le nombre de ses vieux amis dans le restaurant ce soir qui avaient été choqués par son apparition. Qui avait pu provoquer cette transformation miraculeuse ? Qui avait fait en sorte que le modeste bourgeon devienne une magnifique fleur ? Personne d'autre que Purab Chaddha. Si, après avoir constaté sa puissance et son potentiel, ils avaient encore la force de rire, ils ne riraient que d'eux-mêmes.

A avait en effet eu raison de la choisir pour tester ses capacités sur elle. S'il s'était agi d'une de ces filles ordinaires qui auraient atterri dans ses bras en quelques minutes, cela n'aurait rien donné de plus. Mais maintenant qu'il avait accompli un exploit aussi rare, il avait fait taire non seulement elle, mais aussi tous les doutes qui subsistaient dans l'esprit de quiconque quant à savoir qui était le roi incontestable du jeu de la séduction.

Le seul hic, c'est que maintenant que la nouvelle s'est répandue, beaucoup plus de diablotins sans valeur seront encouragés à venir tenter leur chance avec elle. Et bientôt, il ne serait peut-être plus le seul homme qu'elle avait accepté, d'abord à contrecœur puis de tout son cœur, dans le cadre du monde .....

"C'est donc là que se trouve ta moto..."

Purab revient à lui et réalise qu'ils ont atteint la fin de leur voyage. Sa moto était garée à côté d'un arbre, au-delà duquel s'étendait la route sur laquelle il s'était tenu dans l'expectative le matin. Elle était aussi déserte qu'à l'époque, la lumière argentée de la lune l'éclaboussait généreusement. Sa maison était plongée dans l'obscurité, mais la lumière du porche du bungalow d'en face était allumée et Purab pouvait vaguement distinguer deux chaises sur lesquelles étaient assises deux personnes et qui discutaient bruyamment. Est-ce que c'est ce salaud ? se demanda-t-il. Et qui était la femme ? Sa petite amie ? C'est tout à fait typique ! Alors, il était célibataire ? Célibataire, son cul !

Purab tourne un visage hésitant vers la femme souriante à côté de lui. "Je suis désolé, Pam, dit-il, j'espère que cela ne vous dérange pas, mais ce serait mieux et un peu moins gênant si nous nous séparions ici même. Je ne préfère pas," dit-il en regardant la maison voisine, "vous accompagner jusqu'à votre maison."

"C'est bon", continua-t-elle à sourire, "je comprends". Il regarda son joli cadre, réalisant qu'il lui faisait enfin ses adieux. Au lieu de lui faire plaisir comme il s'y attendait, il fut soudain attristé par cette perspective.

Il contempla ce qu'il pensait être sa dernière image de la journée, puis dit : "Eh bien, au revoir !" Il s'apprêtait à ajouter, mais se retint d'ajouter : "A demain".

Elle acquiesce, fait un pas en avant, puis se tourne vers lui : "Purab, avant de partir, il y a quelque chose que je voulais te dire..."

"Oui ?" Il la regarde avec impatience.

Elle s'est arrêtée, les lèvres tremblantes, en le regardant. Il remarqua un peu de peur, un peu d'embarras sur son visage et un petit froncement de sourcils apparut entre ses sourcils. Qu'est-ce qui pouvait bien la troubler ?

"Purab, commença-t-elle, tout au long de la journée, tu m'as demandé ce que je ressentais pour toi et j'ai toujours éludé la question, pensant que cela n'avait d'importance pour aucun de nous deux. Mais maintenant, j'aimerais que tu me dises ce que je ressens pour toi, parce qu'il est important pour moi que tu le saches".

L'excitation se répandit dans ses veines. Enfin, se réjouit-il, elle allait le dire.

"Il n'est pas exagéré de dire que tu m'as offert l'un des jours les plus mémorables de ma vie. Mais vous avez été bien plus loin. Vous avez réalisé mes souhaits, vous m'avez permis de vivre pleinement, vous m'avez ouvert les portes du monde. Vous vous êtes certainement établi fermement parmi mes quelques amis, que vous ne croyez peut-être pas que j'ai par hasard. Je vous souhaite toute la chance et le bonheur du monde. Et même si nous ne nous rencontrons pas dans l'avenir et que nous ne sommes plus dans la vie l'un de l'autre, je n'hésite pas à proclamer que tu as été mon meilleur ami. Je sais que ce n'est pas la norme en matière d'amitié, mais je te remercie infiniment." L'instant d'après, elle se lève et l'embrasse bruyamment sur la joue !

Stupéfait, Purab la regarde avec étonnement et un plaisir non dissimulé. Tous ses rendez-vous se sont terminés bien au-delà, mais là, c'était quelque chose de spécial. Avant qu'il ne puisse dire quoi que ce soit, il sentit déjà sa main sur sa joue qui le caressait doucement. Elle le tira doucement vers le bas et l'embrassa bruyamment sur l'autre joue, le claquement résonnant dans la ruelle où ils se trouvaient.

Puis, sans lui laisser le temps de réagir, elle le serra rapidement dans ses bras, se détacha et s'élança sur la route déserte en direction de sa maison, riant hystériquement comme ce qu'elle était - une douce enfant innocente qui avait, sous l'impulsion du moment, décidé de devenir méchante !

Purab sourit et toucha sa joue, l'humidité lui rappelant un souvenir attachant. Il l'observa jusqu'à ce qu'elle ouvre le portail et entre, soulagé que ses voisins d'en face n'aient pas manifesté de curiosité à son égard. Il enfourcha ensuite son vélo et prit le chemin de la maison, le sourire refusant de s'effacer de son visage. Il avait maintenant plus d'une raison de remercier Aastha.

Épilogue

« Et c'est ainsi que la nuit s'est terminée", dit-il sur son portable avant de s'adosser aux oreillers. N'entendant pas de réponse, il ajoute avec un brin d'arrogance : "Et c'est comme ça que je gagne le pari".

Il est de retour dans sa chambre d'auberge. Il était déjà assez tard ; un billet de cent roupies avait apaisé le concierge et il n'avait pas rencontré de questions stupides - en fait, il n'avait même pas vu quelqu'un lui demander où il se trouvait ce soir. Il avait enlevé sa veste et sa chemise et s'était allongé en pantalon sur le lit. Suffisamment fatigué, il était prêt à s'endormir rapidement lorsqu'on lui rappela d'appeler Aastha et de s'amuser à détruire ses quarante clins d'œil.

Il s'abstint de parler des bouleversements qui s'étaient produits dans son esprit et de certaines des choses étranges qu'il s'était surpris à faire pendant qu'il racontait les événements de la journée. Il décida également de ne pas raconter le nombre fréquent de fois où il s'était mis en colère contre Pamela et répugnait à admettre la présence de cet intrus qui avait failli tout faire s'écrouler.

Il n'a raconté que le squelette de la journée, en insistant davantage sur les moments où il lui avait fait plaisir de manière absurde, sur le maquillage qu'elle portait au dîner, sur la manière dont il l'avait incitée à danser avec lui. Il était également très attentif à ne pas oublier de mentionner le baiser d'adieu que Pamela lui avait donné pour dissiper tout doute sur le fait qu'il avait joué l'atout de l'amitié plutôt que le risque du flirt, ce qu'il avait effectivement fait, pour convaincre Pamela de sortir avec lui. Après tout, il n'était pas totalement dans l'erreur. En amour comme à la guerre, tout est juste. D'ailleurs, le sens de l'amitié diffère selon les personnes.

"Alors, acceptez-vous maintenant que Purab Chaddha n'a pas de type ? Il peut courtiser n'importe quelle fille sur cette planète", dit-il au téléphone en se moquant de lui, "Tu crois que tu as des doutes sur ses prouesses ? Tu es d'accord, n'est-ce pas, pour dire que j'ai gagné à la loyale ?"

Il n'y a pas eu de réponse pendant un certain temps. Puis, avec une lenteur délibérée, Aastha a commencé d'une voix calme : "Ça dépend, ça dépend de la façon dont tu vois les choses..."

Purab se redresse. Qu'est-ce qu'elle voulait dire ?

"Comme vous le voyez, j'ai accompli la tâche qui m'a été confiée, donc je gagne."

"C'est une façon de voir les choses."

Une irritation intense le saisit. Il savait qu'elle n'accepterait pas la défaite avec grâce. Foutue femme !

"Il n'y a pas d'autre solution", dit-il en s'accrochant à sa voix, "la seule solution est que je gagne, tu perds..."

"Comme je te l'ai déjà dit, c'est une question de situation."

"Qu'est-ce que c'est que cette merde ? La condition n'était-elle pas que je persuade n'importe quelle fille de ton choix d'aller à un rendez-vous avec moi et que j'aille effectivement à ce rendez-vous comme preuve supplémentaire ? C'est exactement ce que j'ai fait."

"Je le sais aussi. Tu n'as pas besoin de me l'expliquer".

Il en a finalement eu assez : "Alors, quel est ton problème ? J'ai fait exactement ce qu'on m'a demandé et maintenant, vous me proposez des clauses dans le contrat dont on ne m'a même pas parlé. La vérité, c'est que tu es dans cette illusion persistante que tu es le vainqueur et que, alors que j'ai gagné sans aucune fraude, tu crées des failles pour falsifier ma réclamation", finit-il en fulminant.

Il entendit un ricanement de l'autre côté, "Ok, M. Têtu, si vous êtes si en colère, je vais admettre que vous avez gagné. Mais répondez d'abord à quelques questions.

"Quoi encore ?" dit-il d'un air contrarié.

"Ecoutez", dit-elle d'un ton toujours aussi amusé, "et soyez très honnête, d'accord ?".

Il ne répondit pas.

"Premièrement, tu es allé voir cette fille parce que tu avais fait un pari avec moi. Tu as flirté avec elle, juste pour prouver que tu en étais capable. Vous êtes allé à un rendez-vous avec elle pour pouvoir me rabaisser. C'est bien ça ?"

"Oui.

"Maintenant, pensez-vous qu'en aucune circonstance vous n'auriez fait tout cela si la situation ne l'avait pas exigé ? Si je ne m'étais pas moqué de vos talents de courtisan, les auriez-vous essayés sur elle ? Si je ne l'avais pas choisie, vous seriez-vous approché d'elle ? Si je ne vous avais pas défié, pensez-vous que vous l'auriez tout de suite, ou peut-être bien plus tard, repérée naturellement et choisie comme votre prochaine victime ?".

Il écoutait tout cela, de plus en plus troublé. Ce sont ces questions qui l'avaient taraudé tout au long de la journée et il avait cherché à y répondre en soulignant les défauts de la jeune femme qui constituaient une barrière à sa connaissance. Ce n'est qu'à la fin de la journée qu'il s'était rendu compte qu'elle avait en elle tous les ingrédients qui auraient pu capter son attention sans effort et stimuler son intérêt pour elle. Pourtant, comme elle l'avait dit, elle était au collège depuis autant de temps que lui, et pourtant il ne l'avait même pas remarquée. Il détestait le dire, mais il ne pouvait plus mentir lorsqu'il s'agissait d'elle.

"Non.

"Merci d'avoir répondu honnêtement. Tu es donc d'accord pour dire que tu n'aurais jamais pris la peine d'inviter une fille comme ça. D'ailleurs, si je me souviens bien, tu n'étais pas non plus très volontaire le jour où je te l'avais indiquée. En d'autres termes, il est hors de question que tu traînes ou que tu te lies d'amitié avec des filles de ce genre. Je sais que tu deviens fou quand je prononce ce mot, n'est-ce pas ce que l'on entend par avoir une sorte de goût ? Le pari était de prouver que tu n'avais pas de genre. Mais comment expliquer autrement que tu aies eu besoin d'un pari pour t'orienter vers les autres types ?

Il ne dit rien.

"Deuxièmement, vous l'avez emmenée dans un centre commercial, au cinéma, dans un restaurant avec une piste de danse. En d'autres termes, vous avez fait avec elle ce que vous aimez faire. Vous n'avez jamais cherché à savoir ce qu'elle aimait ou à faire quelque chose qui l'intéressait. Après cela, vous continuez à dire que vous êtes le type de femme qui convient à toutes les femmes ?

Elle ne l'avait pas laissé apprendre quoi que ce soit ! pensa-t-il en signe de protestation. Dès le matin, elle l'avait laissé la diriger comme il l'entendait. Elle lui avait demandé où il voulait aller, ce qu'il voulait faire et ne s'était pas opposée à ce qu'il lui dise.

Elle s'était pliée à ses moindres caprices, à ses moindres désirs sans manifester le moindre problème et il avait supposé à sa place que c'étaient là des choses qu'elle appréciait également. Elle les avait appréciées, il pouvait le dire pour sa défense. Mais rien ne l'avait vraiment empêché de lui demander ce qu'elle aurait aimé. Mais il ne l'avait pas fait.

"Troisièmement, tu as dit que tu connaissais les filles comme ta poche. Mais si je vous le demande maintenant, savez-vous pourquoi elle est si seule ?

Pourquoi les gens se moquent-ils d'elle ? Pourquoi l'idée de la côtoyer vous répugne-t-elle, à vous et à tous les hommes ?"

Purab, ce serait un coup dur pour ta réputation, qu'est-ce que tu ferais maintenant ? Et comment s'était-il comporté avec elle ? En essayant de la cacher aux autres, en refusant de la laisser être telle qu'elle est, en se mettant en colère contre les gens qui l'ont fait....

"Quatrièmement, tu as dit que tu allais..."

"Ok, A, qu'est-ce que tu essaies d'insinuer ?" Il l'a interrompue. Il en avait assez maintenant.

"Dans l'autre sens, Purab. Le fait qu'il y ait eu quelqu'un pour douter de ta suprématie a déjà montré les fuites qu'il y a dedans. Le fait que tu aies pris le pari de prouver ta valeur était en soi un signe de ton échec. La renommée d'un guerrier parle d'elle-même. Ce pari n'a vraiment rien apporté. Alors, que tu le gagnes ne veut rien dire non plus."

"Quelle connerie ?" faillit-il crier, "Si je gagnais, tu avais promis de ne plus élever la voix sur ma suprématie. Et maintenant que ton plaisir sadique est privé, tu trouves cette excuse idiote pour revenir sur ta parole ? La gloire d'un guerrier n'est engendrée que par une bataille. Ok, je ne l'aurais pas invitée à sortir s'il n'y avait pas eu le pari, mais ce n'est pas parce que je n'ai pas pu le faire le moment venu. Je n'ai pas non plus prouvé ce que j'avais entrepris autant que vous le pensez. Elle m'a toujours appelé son meilleur ami. J'avais dit que je laisserais ma cible enchantée pour les jours à venir et j'ai réussi. C'est le résultat final qui compte, pas ce qui a été fait pour y parvenir et le résultat est que je gagne parce que j'ai fait ce qu'on attendait de moi avec précision et perfection. Admettez-le A, vous avez perdu le pari. Vous ne saurez si vous avez réussi quelque chose que lorsque vous aurez payé la pénalité".

À son immense irritation, elle parut totalement imperturbable : "Appellerais-tu cela un vol, Purab, quand le diamant se trouve là, baignant dans la lumière du soleil, brillant dans les yeux ? Serait-ce un vrai pari si les dés avaient des six sur leurs quatre faces ? La tournée d'une armée serait-elle considérée comme une guerre ? Les bénédictions du destin se transformeraient-elles en fruits du travail ?"

Les yeux de Purab se rétrécissent. Qu'est-ce que c'était que ce charivari ? Avait-elle perdu la tête à cause du traumatisme de sa défaite ? "Qu'est-ce que c'est que ces conneries ? demanda-t-il.

Elle continua comme si elle n'avait pas entendu : "Appellerais-tu cela juste si ces bénédictions n'étaient que le luxe de quelques-uns et le désir d'autres ? Est-ce simplement que la nature a donné à certains la qualité inhérente de voir leurs souhaits se réaliser par eux-mêmes, alors que pour d'autres, il n'y a que luttes et impuissance ? Et si cette personne osait rêver de quelque chose qui n'est manifestement pas fait pour elle, qui ne peut pas être sien dans un million d'années ?

Un déclic s'est produit dans son esprit. Cet espoir désespéré dans ses yeux. Ce désir d'acceptation.

"Il ne s'agit pas d'un rêve de permanence. Elle ne se plaint pas de sa vie, contrairement à ce que les gens peuvent penser. Elle est heureuse dans son monde. Seulement, il lui est arrivé de désirer la compagnie d'un homme, la compagnie de ces personnes recherchées et insaisissables, tout comme une femme normale. Ce n'est certainement pas pour elle. Elle était destinée à être seule. Loin de toute attention."

C'était tout à fait crédible après aujourd'hui.

"Non pas qu'elle l'ait regretté. Elle savait que les différences étaient pratiquement trop lourdes et que son cœur n'était pas du tout assez fort pour supporter les problèmes de l'amour. Mais malheureusement, elle l'était."

"Voulez-vous en venir au fait ?" demanda-t-il, irrité.

"Et pourquoi n'était-ce pas pour elle que toutes sortes d'autres hommes insignifiants venaient la déranger et la harceler pour se moquer d'elle ? Pourquoi ce qu'il y avait pour les autres filles n'a-t-il pas été fait pour elle aussi ? Mais il était évident dès le départ que si ces hommes s'approchaient d'elle uniquement parce qu'ils étaient défiés, quelle autre raison quelqu'un d'autre pourrait-il avoir ? Elle savait que c'était trop dur pour elle, mais qu'est-ce qui l'empêchait d'y goûter ? Pas pour toute une vie, juste pour quelques instants. Juste assez pour qu'elle puisse le chérir pendant des jours. Juste un moment, et ensuite elle retournerait volontiers à sa vie monotone et obscure, sans rancune, pour le reste de son temps..."

"Qu'est-ce que tu racontes ?"

"Elle savait que cela n'arriverait pas si on ne l'appliquait pas. Et elle a suffisamment étudié pour savoir que rien ne peut forcer l'esprit humain à faire preuve de volonté, sauf un coup de poing sur l'égo...."

"Écoute, A, dit-il avec colère, j'en ai assez de ces absurdités. Arrêtez de parler en énigmes ou je raccroche".

C'est elle qui a eu l'air perplexe : "Je n'ai pas été assez clair ?", puis elle a concédé : "D'accord, c'est logique dans ton cas. Il ne sera pas exagéré de te dire que Pamela t'a toujours aimé depuis le jour où elle t'a vu. Et elle était d'accord pour dire que l'idée même de vous voir ensemble était absurde. Mais quand ces types ont commencé à flirter avec elle tous les jours, elle n'a pas pu s'empêcher de souhaiter que vous soyez aussi parmi eux. Elle savait qu'aucun homme ne l'inviterait à sortir, sauf pour un pari. Ainsi, en échange de quelques notes d'histoire, d'un subsi pour nous deux, elle m'a demandé de te mettre au défi de sortir avec elle et j'ai été plus qu'heureux de le faire. Cela a fonctionné à merveille. Tu es tombé dans le panneau sans le moindre soupçon et tu t'es approché d'elle pour son plus grand plaisir. Elle savait que vous iriez de toute façon avec elle pour répondre à la demande pressante du pari, mais elle n'allait pas sauter de joie à votre vue et vous décourager en quelques secondes. Elle a donc délibérément joué les trouble-fêtes, jusqu'à ce que votre intérêt soit vraiment éveillé. Mais elle a obtenu plus que ce qu'elle voulait. En fait, elle m'a dit qu'elle était plus que surprise que vous ayez accepté de passer une journée entière avec elle alors qu'elle n'espérait qu'une soirée. C'est drôle, n'est-ce pas Purab ? Cette fille en sait tellement sur les garçons alors qu'elle n'a pas eu un seul mot avec eux, tandis que toi, tu ne sais rien des filles, même après en avoir fréquenté des centaines."

Il n'y a pas eu de réponse.

"J'avais déjà reçu toute la mise à jour de la journée avant que tu n'appelles, qui était une version plus détaillée et plus vraie. Je dois admettre que je ne l'avais jamais entendue aussi heureuse. Elle s'est extasiée sur la journée, sur vous, sur les endroits où vous êtes allés. Elle pense qu'elle vous a sous-estimés. Elle s'attendait seulement à ce que vous vous comportiez avec elle comme lors de vos rendez-vous habituels, mais vous êtes allés plus loin, vous avez réalisé tous ses rêves et, pendant quelques instants au moins, vous avez effacé les cicatrices que la solitude et l'humiliation avaient laissées dans son esprit. Elle vous a remercié de tout cœur de lui avoir offert cette journée mémorable et d'avoir exaucé son vœu le plus cher. J'ai également appris que vous aviez rencontré vos camarades de classe avec elle. Elle ne s'attendait pas à ce que vous restiez près d'elle malgré les risques encourus, mais vous l'avez fait et cela l'a énormément touchée. Et choisir le Nirvana, elle ne l'avait pas imaginé dans ses rêves les plus fous. Tu lui as vraiment fait passer un bon moment et tu ne l'as pas seulement étonnée, mais moi aussi. J'ai toujours pensé que tu sortais avec des filles pour ton propre plaisir, mais je ne savais pas que tu pouvais t'en préoccuper à ce point. Je pense que tu seras d'accord avec moi pour dire que c'est une fille adorable qui mérite tout le bonheur du monde. Et juste pour lui avoir donné un aperçu, je te remercie aussi", a-t-elle soupiré. Il doit y avoir quelque chose en toi pour qu'elle te choisisse. Tes paroles ne sont pas aussi creuses qu'elles en ont l'air. Tu as certainement fait du mont Everest un eucalyptus, même si le singe reste le singe. Vous avez rendu mon amie heureuse et je vous renverrai la pareille en vous disant que vous avez gagné. Mais vous pouvez réfléchir sérieusement, regarder les choses de cette façon et décider ensuite si vous avez vraiment..." Elle raccroche.

Purab rangea le téléphone et regarda la pleine lune qui brillait par la fenêtre ouverte. Il avait tout écouté, d'abord dans un silence surpris, puis s'était allongé sur le lit, écoutant toujours avec une résignation épuisée. Il réfléchissait à présent à tous les faits extrêmement indigestes qui lui avaient été communiqués.

Le piège lui était donc bien destiné. Il avait été tendu si intelligemment, autour de son orgueil et de sa détermination, qu'il avait volontiers marché droit dedans. Le piège était si bien tendu qu'il n'y avait aucun moyen de s'en échapper. Elle avait utilisé sa connaissance de l'esprit avec beaucoup d'habileté en l'analysant et en utilisant les astuces qui lui permettaient de rester à ses côtés.

Il ne voyait pas tout ce qu'elle faisait, mais c'était tellement évident. La façon dont elle l'a laissé la manipuler comme il le voulait, dont elle l'a délibérément poussé à agir et dont elle n'a rien dévoilé d'elle-même. Elle avait voulu lui dire quelque chose lorsqu'ils s'étaient quittés. Les mêmes craintes l'avaient-elles assaillie, elle aussi, que lui ?

Elle avait peut-être utilisé des moyens déloyaux pour l'atteindre, mais ce geste l'avait rempli de respect pour elle. Et tu crois que je n'ai pas essayé ? lui avait-elle demandé. Personne n'avait le courage de faire un pas en avant et de réaliser un rêve impossible lorsque la chance refusait de vous favoriser. Oui, c'était bien elle.

Elle avait peut-être inventé un mensonge pour qu'il vienne vers elle, mais elle ne lui avait donné que la vérité et rien d'autre. Il n'y avait eu qu'elle et personne d'autre à ses côtés tout au long de cette journée mémorable. Comme elle l'avait voulu.

Maintenant qu'il connaissait toute la vérité, il ne se sentait plus du tout en colère. Il se sentait plutôt heureux. Il avait été un peu effrayé, il l'admet maintenant, par ce qu'il pensait être une jungle dense et sombre. Mais après avoir traversé cette jungle, il était tombé sur une plage de sable doux et, au-delà, sur une mer infinie dont les eaux bleues l'envahissaient, calmes, paisibles, fraîches et invitantes. Maintenant qu'il était arrivé, il n'avait pas l'intention de repartir aussi vite qu'il l'avait pensé.

Il voulait s'allonger et se laisser caresser par le sable chaud et fin. Il voulait patauger dans cette piscine limpide, sentir l'eau tranquille, la laisser couler entre ses doigts, y faire de petits cercles vibrants par sa présence. Maintenant qu'il connaissait toute la vérité, au lieu de se sentir trompé, il était soudain plus intéressé à approfondir la question.

Elle était gentille, sourit-il, et méritait certainement tous les souhaits qu'elle formulait. Elle n'était pas censée formuler des souhaits aussi ridiculement simples. Il y avait de bien meilleurs objectifs à atteindre pour quelqu'un comme elle que de vouloir sortir avec des abrutis. Elle ne méritait pas d'être seule. Elle avait le droit d'avoir des amis, d'être respectée et reconnue. Elle pouvait penser que c'était fini pour quelques instants, mais c'était encore loin d'être fini. D'ailleurs, si elle pensait pouvoir tromper Purab Chaddha et s'en sortir, elle se trompait lourdement.

Elle a certainement un avenir très prévisible, pensa Purab, un sourire malicieux brillant sur ses lèvres, ses yeux pétillant diaboliquement tandis qu'il continuait à regarder la lune. Demain, lorsqu'elle viendrait à la cantine de l'université, ce ne serait pas seulement ses livres qu'elle prendrait pour compagnie !!!!.

A propos de l'Auteur

Barnali Basu

Barnali Basu est gynécologue praticienne et diplômée du Kasturba Medical College, à Manipal. Son intérêt pour les histoires s'est développé en partie grâce aux contes que sa mère lui transmettait dans son enfance et à l'habitude omniprésente d'imiter ses frères et sœurs aînés, sa sœur étant une mécène de la littérature. Elle se passionne pour l'écriture, en particulier pour les romans d'amour et de mystère, bien qu'elle envisage de s'essayer à l'horreur et à l'humour par la suite. Ses auteurs préférés sont Agatha Christie et Enid Blyton. Elle a gagné quelques concours d'écriture créative à l'école et à l'université et a également fait partie de l'équipe de rédaction du magazine de l'université.

Elle a d'abord poursuivi cette activité comme un passe-temps, mais des amis impressionnés l'ont encouragée à tenter de se faire publier. Elle a publié des nouvelles dans des anthologies de différentes publications, notamment "Kolkata Diaries", "Summer Waves",

"Philo's prodigy" et "Tales in the City" aux éditions Ukiyoto, ainsi qu'un roman policier autopublié, "Two worlds", sur Amazon Kindle. Elle vit à Guwahati avec sa famille. Il s'agit de sa première tentative d'écriture d'un roman complet. J'espère que vous l'apprécierez !

www.ingramcontent.com/pod-product-compliance
Lightning Source LLC
LaVergne TN
LVHW041914070526
838199LV00051BA/2607